Marvin Bittner

Pia Handrew & Das Leben an einer mysteriösen Schule

FSC
www.fsc.org
MIX
Papier aus verantwortungsvollen Quellen
Paper from responsible sources
FSC® C105338

Bibliographische Information der deutschen Nationalbibliothek:

Die Deutsche Nationalbibliothek verzeichnet diese Publikation in der Deutschen Nationalbibliografie; detaillierte bibliografische Daten sind im Internet über dnb.dnb.de abrufbar.

Herstellung und Verlag:
BoD – Books on Demand, Norderstedt

ISBN: ***9783748168775***

Korrektorat: Papyrus Autor
Titelbild: © kellepics - pixabay

2. Auflage

Marvin Bittner

Pia Handrew & *Das Leben an einer mysteriösen Schule*

Kapitel 1

An einem sonnigen Sommernachmittag im Juni bei angenehmen 23 °C saß ein Ehepaar mit ihren Kindern in einem Garten einer 1751 erbauten hellgrauen Villa mit drei Etagen, einem leuchtendrotem Dach, einer Terrasse und einem sehr großen Pool. Diese Villa gehörte der Mutter von Pia Handrew, Kate Franklin. Jedes Jahr erzählte Pia ihrem Mann Michael und ihren Kindern Tom und Ann etwas von sich als sie klein war. Pia berichtet immer nur Gutes über ihre Kindheit.

Wie in jedem Sommer, berichtete Mrs. Handrew auch an diesem wolkenlosen Sommertag ein Teil Ihrer vergangenen Kindheit und Jugend. Wie Ihr bereits aus früheren Geschichten wisst, bin ich bei meiner Mutter auf einem großen Gutshof aufgewachsen. Auf diesem Hof lebte ich mit meiner Schwester Sophie, die die Manchester International High-School of Magic besuchte.

Mein Traum war es auch immer diese Schule besuchen zu dürfen aber ich durfte noch nicht. Nicht das meine Mutter es mir verbot nein liebe Kinder ich war leider noch zu jung. Aber

ich träumte weiter davon und als sich meine Freunde gegen mich verschworen und mich schrecklich ärgerten, weil ich stets an meinem Trau festhielt, dass ich in meiner Jugend das Manchester International High-School of Magic besuchen wollte half mir meine Mutter. Sie konnte mein Leiden nicht mehr ertragen und meldete mich im Alter von 12 Jahren an der Manchester International an.
Ich war total happy und vor den Osterferien bekam ich von meiner alten Schule der Londoner High-School mein vorzeitiges Abschlusszeugnis mit der Empfehlung eine magische Schule zu besuchen. Ich freute mich über diese Empfehlung und als ich gerade gehen wollte sagte der damalige Schulleiter Alfred Dornkamp zu mir: „Du warst eine der besten Schülerinnen Pia, mach weiter so und lebe deine Träume". Er begann zu lächeln und wünschte mir viele gute und schöne Jahre an einer hoffentlich magischen Schule. Ich wusste nicht wieso er lächelte. Vielleicht fand er meinen Schritt nicht gut. Deshalb deutete ich auch seine Ansprache als ironisch und abweisend. Doch das machte mir gar nichts. Ich war einfach nur froh bald, also nach den für mich unerträglich lange und nicht enden wollenden Osterferien die neue

Schule endlich besuchen zu können.

Als wir dann auch noch in den Urlaub fuhren dachte ich die Osterferien würden niemals enden und mein Traum zerplatze wie eine Seifenblase im Wind. Den Osterurlaub verbrachte ich mit meiner Mutter im italienischen Rom für den wir solange gespart hatten. Doch irgendwie freute ich mich überhaupt nicht. Ich empfand ihn nur sehr langweilig.

Nach dem sechsten Tag verkroch ich mich in meinem Ferienzimmer und schaute mich um. Als eine halbe Stunde vergangen war schaute ich mich nochmals um und erblickte am Spiegel ein immer wiederkehrendes helles Licht.

Ich ging näher an das Licht heran und als ich vor ihm stand, sprang ein Kobold direkt in mein Zimmer und sagte mir: „Ich freue mich dich endlich einmal kennenzulernen. Mich ereilte deine Anmeldung und da ich die ausdrückliche Anweisung von meiner Chefin Mrs. Groove, der Schulleiterin der Manchester International High-School of Magic bekam dich aufzusuchen dachte ich, ich schau mal vorbei."

„Wie bitte“, fragte ich! „Die Manchester International High-School of Magic die ich in sechs Tagen besuchen werde.“ „Ja“, antwortete der kleine blaue Kobold, der den Namen Hollow trug. „Das ist das Beste was mir in meinen bisherigen Ferien passiert ist“, sagte ich. „Ferien, die wirst du von nun an nicht mehr haben. Also genieße sie“, sagte der Kobold und wies daraufhin, dass es an der Manchester International High-School nur einmal sogenannte Ferien gibt. „Diese nennen sich Winterpause. Sie dauern drei Wochen und werden nur an die besten Schülerinnen und Schüler des Hauses vergeben, die dann die Schule verlassen dürfen und nach Hause zu ihren Lieben entlassen werden.“ „Dies machte mir jedoch gar nichts aus.“ „Super“, meinte der Kobold und verschwand wieder, genauso wie er gekommen war, durch den Spiegel. Ich war immer noch voll und ganz begeistert und freute mich auf das kommende Ferienende in sechs Tagen.

Doch leider kann ich mich an diese sechs Tage nicht mehr erinnern.

Als der erste aufregende Tag in meinen bisherigen Ferien sich zu Ende neigte, und ich mich zur Ruhe setzen wollte besuchte mich der Kobold ein weiteres Mal. Er sagte: „

Pia, erschreck bitte nicht, ich kann dich leider nicht mitnehmen.“ „Wieso nicht“, fragte ich den Kobold der neben mir auf meinem Kopfkissen her- rannte. Er antwortete mir nicht und rannte aufgekratzt weiter. Er sagte nichts mehr also schlief ich unbesorgt ein. Nach einer kurzen Erholung blitze es neben über unter mir. Ich weiß es nicht mehr ob es real oder surreal, also im Traum war. Keine Ahnung.
Es blitzte noch eine gefühlte Stunde.

Dann erschienen mir rote und grüne Vögel, die sich später in kleine Elfen verwandelten. Sie begannen zu reden doch ich verstand sie nicht. Auch das deuten Ihrer Lippenbewegungen schien unmöglich irgendetwas auch nur annähernd verstehen zu können.

Der Kobold kam ein weiteres Mal und sagte mir: „Diese Elfen sind alle Menschen die sich für die Manchester International High-School entschieden haben und von mir abgeholt wurden. Nun hole ich auch dich ab.“ Ich konnte mich gar nicht mehr dagegen wehren, da merkte ich wie meine Seele langsam aus meinem Körper in Richtung Spiegel ging. Es war ein unglaubliches Gefühl.

Die roten und grünen Elfen begrüßten mich in einem schwarzen Irgendwas das aussah wie Erde oder Dreck. Es dauerte nicht lange da war auch ich ein roter Elf. Rot weil ich ein Mädchen war . Grün waren nur die Jungen. Ab dem heutigen Tag bzw. Abend hieß ich Elf Pia.

Als wir uns einander vorgestellt hatten flogen wir in Richtung eines Bergwerkes zumindest sah es so aus.

In diesem Bergwerk begrüßten uns Feen, eine war Rue. Sie sah so aus wie meine Schwester Sophie doch sie war es nicht. Ich fragte und suchte nach ihr doch ich fand sie leider nicht. Rue erklärte mir, das Geschwister von neuen Elfen, wenn sie kommen, zerplatzen.
Sie tauchen dann als Lehrkraft auf. Aber nur wenn sie zu der Zeit zerplatzen wenn eine alte Lehrkraft in den Ruhestand geht. Doch in diesem Jahrhundert geht kein Lehrer. „Was", schrie ich. „Wo ist sie denn jetzt", fragte ich mit zittriger Stimme und trüben Augen. Rue war sich nicht sicher. „Vielleicht bei dir." „Wie bei mir?" Rue erklärte mir, dass wenn kein Lehrer geht und ein Elf zerplatzt er in der Traumwelt weiterlebt. Ich war sehr traurig und machte mir Gedanken darüber was wohl

werden würde wenn Sophie nun tot wäre. Das könnte ich mir nie verzeihen. Ich wollte doch meine Schwester nicht töten nur weil ich selbst jahrelang hierhin wollte. Nein das ging doch nicht dachte ich. Ich war den Tränen nahe und wünschte mir bei meiner Mutter zu sein, die zur selben Zeit in Ihrer Ferienwohnung den Frühstückstisch deckte und anschließend versuchte mich zu wecken. Als Kate mich immer wieder versuchte zu wecken und ich immer und immer noch nicht erwachte, erschrak meine Mutter. Es war genauso wie vor zwei Jahren als Kate eines späten Abends ihre Tochter Sophie genauso regungslos vorfand wie jetzt mich. Sophie war auch vom Kobold Hollow abgeholt worden, indem er Ihre Seele mitnahm. Natürlich auch kurz bevor Sophie an der Manchester International High-School of Magic aufgenommen werden sollte. Alles war so furchtbar gleich.

Kate überlegte nicht lange und rief den Notarzt.
Sie schilderte ihm den Fall und er war gut neunzehn Minuten nach Absetzen des Notrufes an dem Ferienhaus von Kate Franklin.

Der diensthabende Arzt Dr. Chris Harrison begab sich sofort in das obere Zimmer des Hauses, indem Pia regungslos auf ihrem Bett lag. Dr. Chris Harrison wusste nicht was Pia fehlte. Er konnte keine Anzeichen für einen möglichen Herztod feststellen, da Pias Herz noch kräftig schlug. Dr. Harrison entschied sich dazu einen Krankenwagen für Pia und einen Seelsorger für Kate aus dem nah entfernten Victorianer Krankenhaus zu arrangieren.
Der Krankenwagen war nach einer guten Viertelstunde am Ferienhaus von Kate Franklin und Pia Handrew. Er nahm die regungslose Pia mit. Kate fuhr mit Dr. Harrison. Im Victorianer Krankenhaus wurde Kate von Seelsorgern unterstützt während Dr. Harrison den Hausarzt von Kate in England versuchte zu erreichen damit er Dr. Harrison bei den Untersuchungen von Pia fachmännisch zur Seite stehen könnte. Als Dr. Harrison Dr. Richard Brown den Hausarzt von Kate, Pia und Sophie erreichen konnte berichtete Dr. Harrison von dem derzeitigen Krankheitsfall von Pia Handrew. Da dieser jedoch in England verhindert war sandte Brown Harrison die Krankheitsakte der zurzeit im Koma liegenden Sophie per Fax zu. Nach

ausgiebigen Untersuchungen diagnostizierte Dr. Chris Harrison dass Pia genau wie Ihre Schwester Sophie ins Koma gefallen ist. Warum konnte Dr. Harrison Kate nicht beantworten. Es war genau dieselbe Diagnose, die Sie schon zwei Jahre zuvor von Dr. Brown für Ihre Tochter Sophie bekam. Da Kate nun langsam bewusst wurde das sie Pia nicht helfen konnte beendete Sie Ihren Urlaub in Rom und flog am nächsten Tag mit der immer noch regungslosen Pia zurück nach London um ein Bett im Londoner Star Krankenhaus neben Ihrer ältesten Tochter Sophie zu bekommen, da die beiden Geschwister dann bestens kontrolliert und fachmännisch medizinisch versorgt würden. Dr. Richard Brown versuchte alles Mögliche um dem ausdrücklichen Wunsch von Kate nachzukommen. Richard musste seine ehemalige Schulkollegin auf vier Tage vertrösten.
In dieser Zeit lebte die kranke Pia nun bei Kate. Doch als die vier Tage vergangen waren konnte Pia doch nun endlich neben Ihrer Schwester Sophie stationär aufgenommen werden. Kate bedankte sich bei Ihrem Lieblingsarzt und lebte erst einmal alleine in dem für sie viel zu großen Haus.

Nach gut drei Tagen besuchte Dr. Richard Brown die Mutter von Pia und Sophie. Er besuchte Mrs. Franklin aufgrund des derzeitigen Gesundheitszustandes Ihrer Töchter. Mrs. Franklin rief er als er vor dem Hof stand. „Ja, hier“, antwortete Sie. „Was kann ich für Sie tun?“ „Nichts“, antwortete der Arzt. „Ich komme wegen Ihren Töchtern.“ „Wieso was ist mit Ihnen“, fragte Sie mit zittrigen Händen und blasser Gesichtsfarbe. „Der Gesundheitszustand ist unverändert“, sagte der Arzt. „Ich komme, da ich Ihnen mitteilen möchte, dass nach derzeitigen Untersuchungen Ihre Töchter erst in sieben bis neun Jahren aus dem Koma wieder erwachen werden.“ „Wieso weiß ich jedoch immer noch nicht. Sehen Sie es so Mrs. Franklin: Ihre Töchter sind ein Medizinisches Rätsel.“

KAPITEL 2

Als die Ärzte immer noch in London über die merkwürdigen Komafälle von Sophie und Pia rätselten machte ich mich mit meiner Elfenfreundin Rue auf die Suche nach meiner Schwester Sophie. Wir beide flogen los und suchten in jedem Zimmer dieses mehrstöckigen Bergwerkes, das einer Schule sehr ähnelte. Erst jetzt wurde mir bewusst dass wir uns nicht mehr auf der Reise zur Schule befanden sondern schon längst angekommen waren.
Wir beschlossen weiter zu suchen.
Wir suchten bestimmt einen halben Tag doch wir fanden Sie nicht. Leider! Ich war sehr enttäuscht. Denn ich hatte mich so auf den Moment gefreut meine Schwester nach zwei langen Jahren endlich wieder in die Arme schließen zu können.
Da ich mich nicht geschlagen geben wollte überlegte ich mit Rue wie wir nun weitervorgehen könnten. Nach einer kurzen Überlegung kam mir die Idee, dass es vielleicht Sinn mache, wenn wir die anderen Elfen nach meiner Schwester befragen.
Gute Idee meinte Rue.
Wir machten einen Plan indem wir

entschieden, dass Rue die alten und ich die neuen Elfen befragen.

Es dauerte noch eine ganze Weile bis ich mir den Ruck gab loszulegen. Ich flog in die erste Etage. Dort waren die kleinen Elfen untergebracht. Sie waren genauso wie ich gestern erst angekommen. Ich fragte sie ob sie eine Elfe mit langen blonden Haaren, die gut 1,67m groß ist gesehen haben. Nein antworteten Sie. Ich bemühte mich weiter und fragte die anderen neuen Elfen. Aber niemand kannte meine Schwester Sophie. Rue versuchte ihr Glück in den oberen Etagen doch selbst da konnte sich keiner so recht an eine mittelgroße Elfe mit blonden Haaren erinnern.

Als sich die Freundinnen im Empfang des Bergwerkes wieder trafen und von Ihren Recherchen berichteten stieg ein alter Mann die goldene Treppe hinab. Ich flüsterte zu Rue: „Wer ist dieser Herr?“ Rue antwortete und flüsterte mir zu: „Pia, das ist Ronald J. Smith. Der Lehrer für Heilkunde, die er den Elfen erlernt.“ „Wie schön“, dachte ich und freute mich auf meine erste Unterrichtstunde, die ich in den nächsten Tagen bei dem alten Mann mit den weißgrauen Haaren und kurz-

grauen Schnurrbart haben werde. Ich freute mich so, dass ich es gar nicht mehr abwarten konnte.
Als ich so da stand und von meinem ersten Schultag träumte, nahm mich Rue plötzlich an die Hand und flog mit mir auf Mr. Smith zu. Sie begann ihn zu grüßen und bat ihm um seine Mithilfe. Seine Mithilfe sah wie folgt aus: Er sollte ihr doch bitte beantworten ob er eine Elfe namens Sophie kannte. Smith überlegte eine Minute und meinte, dass Sophie gar keine Elfe mehr sei. Erlösende Worte durchdrangen mich. Es bestand doch nun wieder die leise Hoffnung meine Schwester Sophie, in einigen Tagen, noch lebend wieder zusehen. Ich war so erleichtert und wollte unbedingt erfahren, wo Sie nun ist und wie es ihr in all den Jahren ergangen war. Ich fragte den alten ergrauten Mann der sich mit seiner rechten Hand auf seinem hölzernen Krückstock stützte wo sich meine Schwester denn nun befinde. Doch dies wusste Mr. Smith auch nicht. Ich war sehr wütend und traurig zugleich. Mir wurde bewusst, dass ich meine Schwester nun nie wieder sehen würde. Da Mr. Smith merkte wie in meinem Gesicht sich die Traurigkeit breit machte empfahl er uns die Lehrerin für Zauberei und

Hexenkunst Mrs. Cambrigh – Baker aufzusuchen. Sie befindet sich in der dritten Etage in Raum 109.
Wir bedankten uns rechtherzlich bei dem sehr sympathischen alten Mann und begaben uns zu der Lehrerin.
Als wir die wunderschön verzierte Wendeltreppe hinaufflogen begegnete uns eine Frau in einem blauvioletten Umhang. Unter diesem trug Sie eine rote Weste und dazu einen hellgrünen Rock. Sie bemerkte uns sofort und stellte sich vor. Mein Name ist Miss Madison Jones. Die Lehrerin für Sprache und Geologie. „Rue wir beide kennen uns ja bereits, aber wer bist du liebes Fräulein“, fragte sie mich mit rauer Stimme. „Meinen Sie mich, Miss Jones?“ „Ja“,antwortete sie forsch. Sonst sehe ich hier niemanden! „Ich bin Pia Handrew, die Schwester von Sophie die ich nun schon seit einer Weile suche.“ „Sophie Franklin?“ „Nein noch nie gehört. Da kann ich dir leider nicht weiterhelfen.“ Wir verabschiedeten uns bei der forschen Dame und flogen weiter.

Nach einer kurzen Zeit an Flug erreichten wir nun schließlich die dritte Etage.

Da sich neben der Treppe zwei Gänge befanden teilten wir uns auf und suchten nach Mrs. Cambrigh -Baker. Ich suchte im linken Gang während Rue im rechten nach ihr suchte. Auf meiner Suche begegneten mir immer wieder rote und grüne Elfen die hastig an mir vorbeiflogen. Ich suchte noch einige Minuten bis ich bemerkte, dass Rue mir nachgeflogen war. Sie hatte ihre Suche abgebrochen da sie sich sicher war Mrs. Cambrigh – Baker gefunden zu haben. Endlich dachte ich. Ich zögerte nicht lange und flog Rue hinterher.

Wir flogen den Gang wieder hinunter und erreichten schließlich im linken Gang das Zimmer von Mrs. Cambrigh – Baker. Ich wusste sofort, dass wir am richtigen Zimmer waren. Es war ja auch nicht zu übersehen, dass es das Zimmer von Mrs. Cambrigh – Baker war, da Ihr Name in Silbernen Blockbuchstaben an die Holztür geschlagen war.

Wir klopften an diese Tür.
Es dauerte nicht lange da öffnete sich die Tür und eine ältere Dame saß an ihrem Schreibtisch.
Sie trug ebenfalls wie Ms. Jones einen

Umhang. Dieser war jedoch nicht blauviolett sondern bernsteinfarbend. Unter diesem trug sie ein grünes Kleid mit Rosenblättern darauf. „Guten Tag Ihr beiden“, sagte sie mit freundlicher Stimme. „Welche Ehre ereilt mich, dass Ihr mich besucht fragte sie gespannt.“

„Wir kommen wegen eines besonderen Anlasses“, sagte Rue.

„Wir bzw. meine neue Freundin Pia, die seit einigen Tagen das neue Schuljahr besucht sucht seit Ihrer Ankunft wie verrückt nach Ihrer Zweijahre älteren Schwester Sophie Franklin.“

„Sophie Franklin“, fragte die Lehrerin.

„Ja genau die“, sagte ich. „Was soll denn mit Ihr sein?“, fragte die nette Dame.

Ich begann Mrs. Cambrigh – Baker von Rues Geschichte zu erzählen, dass Elfen, die schon einige Zeit hier sein würden bei Ankunft ihrer Geschwister zerplatzen würden. „Ja das ist richtig“, antwortete die Lehrerin. Sie begab sich in meine Richtung umarmte mich und flüsterte mir ins Ohr, das Sophie schon längst keine Elfe mehr sei sondern seit genau drei Wochen eine Fee. „Was“, schrie ich. „Sie lebt?“

„Ja“, antwortete die Dame und schaute mich lächelnd an. Ich konnte mein Glück kaum fassen und brach in Tränen aus. Ich bedankte

mich bei Mrs. Cambrigh – Baker und fragt zugleich in welcher Etage sich meine geliebt Schwester nun aufhalten würde.
Dies wusste Mrs. Cambrigh – Baker zunächst einmal nicht. Doch da sie mir und Rue helfen wollte versuchte sie es Mrs. Groove die Schulleiterin der Manchester International High - School mithilfe des Zaubertelefons zu erreichen. Sie erreichte Mrs. Groove und berichtete uns anschließend was Sie wusste. Also sagte sie. Deine Schwester befindet sich momentan im Zaubertrank Unterricht. Der Unterricht findet in der ersten Etage in Raum 208 statt. Er endet jedoch erst in einer halben Stunde. Ich würde dir empfehlen am Ende also zum läuten der Feenpause den Raum aufzusuchen. Aber nicht in einer viertel Stunde. Denn dann haben die Elfen Pause.

Also Ihr beiden bitte Entschuldigt mich jetzt, denn ich habe noch zu tun.
Wir befolgten ihre ausdrückliche Anweisung und verließen langsam und leise den Raum. Draußen auf dem Gang vielen Rue und ich uns zufrieden in die Arme. Wir waren so froh. Endlich hatten wir Sophie wieder gefunden. Doch ich hatte doch tatsächlich denn von Mrs. Cambrigh – Baker mir gesagten

Unterrichtssaal wieder vergessen. Dass darf doch nicht wahr sein schimpfte ich. Wir waren jetzt so nah dran und jetzt sowas. Nein, Nein, Nein schrie ich und hoffte dass niemand von meinem kleinen Wutausbruch gestört wurde. Doch ich hatte Glück außer Mrs. Cambrigh – Baker befand sich niemand auf dieser Etage. Und die fand sich anscheinend nicht gestört, denn sonst wäre sie ja wahrscheinlich aus ihrem Zimmer herausgekommen. Ich überlegte und überlegte aber dieser Raum fiel mir einfach nicht wieder ein. Doch zum Glück hatte ich die Rechnung ohne Rue gemacht, die mir sofort auf die Sprünge half, indem sie mir sagte, dass sich meine Schwester in der ersten Etage in Raum 208 befand. Ach ja sagte ich mit lachender Stimme. Wir flogen in die erste Etage zurück.

Als wir uns auf halber Flugstrecke befanden läutete es zur Pause der Elfen.

Nachdem wir nun in die erste Etage zurückgeflogen waren und den Unterrichtsraum erreicht hatten dauerte es noch genau elf Minuten bis zum Läuten der Schulglocke.

Da wir noch genau Elf Minuten warten mussten setzten wir uns auf eine der schwebenden Holzbänke, die gegenüber

jedem Unterrichtsraum standen.
Ich konnte die Begegnung mit meiner Schwester überhaupt nicht mehr abwarten. Mit jeder Minute mehr die verging begann ich noch nervöser zu werden. Als dann nach einer gefühlten Ewigkeit die Schulglocke läutete und die ersten Feen herauskamen stand ich auf und ging ohne Rue in den Unterrichtssaal. Mich schauten erschrockene Feengesichter an und auch der anwesende Lehrer Mr. Cunningham war nicht begeistert von meinem Besuch.
Ich zitterte vor Nervosität und fragte den Lehrer Mr. Cunningham ob er eine Elfe namens Sophie kenne. Er fragte in die Runde nach einer sogenannten Sophie und als sich eine Fee hinten rechts aufraffte war mir klar, dass ist Sie. Sie flog nach vorne und fragte mich was ich von ihr wolle. Ich sagte ihr, dass ich Ihre kleine Schwester war. Sie staunte mich einfach nur an und sagte kein Wort.

Anschließend rannte sie aus dem Raum. Vielleicht musste Sie das Geschehene erst einmal verarbeiten. Ich verließ auch ohne ein Wort zu sagen, dass eigentlich nicht meine Art war den Raum und setzte mich wieder zu Rue. Rue konnte an meinem

Gesichtsausdruck erkennen, dass dieser Versuch nicht geglückt war.

Sie versuchte mich aufzubauen, indem sie zu mir sagte, dass wir erst einmal zu Abend essen sollten und dann mal schauen ob sie vielleicht zu einem Gespräch unter vier Augen bereit sei. Ich willigte ein und wir flogen ein wenig fröhlicher zum Speisesaal. Nachdem wir uns zu Rues Freunden Victoria, Michael, Amelia und Thomas gesetzt und ein wenig miteinander geplaudert hatten kam eine Fee mit schwarzen langen Haaren, einem hellroten Kleid und blauen Stiefeln auf mich zu. Sie fragte ob ich Pia Handrew sei. „Ja", antwortete ich. „Wieso?", fragte ich. „Ich bin die beste Freundin von Sophie Franklin, Isabella Newton. Sophie lässt fragen ob du bereit wärst mit deiner Schwester in einer Stunde in Ihrem Zimmer zu reden." „Ja natürlich", sagte ich. „Richte ihr bitte schöne Grüße von mir aus und sage ihr dass ich mich freue. Ähm in welchem Zimmer wohnt sie denn?" „In Zimmer 407 der dritten Etage." „Gut vielen Dank." „Gern geschehen", sagte Isabella und ging zurück.
Ich war so glücklich und als ich nach einer Stunde bei meiner Schwester eintraf erwartete sie mich bereits. „Ich freue mich dich zu sehen

Pia. Aber ehrlich gesagt bin ich nicht so wirklich begeistert über unser Wiedersehen." „Warum nicht", fragte ich bestürzt. „Pia, ich lebe nun schon zwei volle Jahre hier an dieser Schule und habe euch schon fast vergessen." „Wie bitte", schrie ich sie an. „Das kannst du doch nicht wirklich ernst meinen oder?" „Doch liebe Schwester, ich möchte erst einmal keinen Kontakt." „Ist das Möglich?" „Ja natürlich", sagte ich und flog wuterfüllt aus dem Zimmer zurück, zu meinen Freunden Vic, Mica, Amy, Tom und Rue. So wie ich sie freundschaftlich immer nannte.

KAPITEL 3

Ich berichtete meinen Freunden von dem für mich furchtbar gelaufenen Gespräch. Ich beschloss, meine Schwester Sophie hinter mich zu lassen und mich auf meinen morgigen ersten Unterrichtstag zu freuen. Ich saß noch ein paar Stunden mit meinen Freunden zusammen bis um 23 Uhr die Lehrer uns baten unsere Zimmer aufzusuchen und uns auf eine erholsame Nacht vorzubereiten.

Nach dem morgigen Frühstück im Speisesaal begann für mich, Victoria und Michael der erste Unterrichtstag. Für Rue, Amelia und Thomas war es schon Routine. Sie waren ja auch Feen. Ich, Victoria und Michael hatten heute zum ersten Mal bei dem sympathischen Lehrer Mr. Smith. Im Unterricht des Faches Heilkunde der Elfen lernten wir , wie wir mit Kräutern und Pflanzen umzugehen haben. Mr. Smith lehrte uns, dass jede Pflanze und jedes Kraut ein ungewöhnliches Lebewesen sei und mit viel Liebe und Behutsamkeit gepflegt werden muss. Wir begaben uns in Richtung des angrenzenden Waldes.

Wir flogen einen kurzen Augenblick bis wir das sehr große Gewächshaus mitten im Wald erreicht hatten. Nach der Landung schloss Mr. Smith das Tor auf und wir traten in das fast vollständig verwachsenen Haus ein. Erstaunt waren wir von diesen mächtigen Pflanzen, die meistens bis zu drei Meter groß waren. Wir begaben uns in das extra angelegte Klassenzimmer, unter einem großen Gewächs.

In diesem Zimmer befanden sich eine Magische Tafel, sowie schwebende Tische und Bänke. Diese Möbel waren auch stets im Hauptgebäude zu finden.

Mr. Smith erklärte das große Gewächs über uns. „Es ist eine Pflanze, die den Name Blume der Lüfte trägt. Ihre Fähigkeit ist, dass die Lehrer auf ihr Schweben können. Unter diesen Blättern gibt es Adern, die die Anziehungskraft der Erde unbrauchbar macht."

Er zeigte uns eine weitere Pflanze. Diese war die Giftpflanze Andrew, benannt nach dem ehemaligen Schulleiter Andrew Baker, dem ehemaligen Ehemann von Mrs. Cambrigh - Baker, der sich 1663 in seinem damalige Büro

beim herumexperimentieren mit dieser Giftpflanze unabsichtlich das Leben nahm. Während dieser Erzählung wies er uns daraufhin, dass wer diese giftige Pflanze in irgendeinem Versuch auch nur benutzt von der Schule geschmissen und für seinen Rest des Lebens von der Zauberei befreit wird.
„Sie ist mit absoluter Vorsicht zu genießen und wächst ausdrücklich nur für die großen Taten von Mr. Andrew Baker. Sein Großvater Charles Harper war es, der vor genau 403 Jahren die Schule gründete.“ Da ich von Natur aus neugierig war, fragte ich Mr. Smith in welchem Jahr wir uns denn jetzt befinden.
„Liebe Pia wir befinden uns heute im Jahre 1852.“ „Aber wie alt war Mr. Baker denn als er unerwartet verstarb“, fragte eine kleine Elfe, mit roten Haaren, die in der letzten Bank saß.
„Er war 109“, sagte er und bat uns, uns nun doch wieder auf den Unterricht zu konzentrieren.
Wir befolgten seiner Bitte und Mr. Smith erklärte uns die dritte und auch die letzte Pflanze, die von großer Bedeutung für die Manchester International High – School of Magic war. Es war die Adeline Pflanze, die dafür sorgt dass Zaubertränke oder gar Zaubersprüche unwirksam gemacht werden.

Er zeigte uns in der Stunde noch einige andere Pflanzen. So viele Pflanzen, dass es für euch nun langweilig würde, wenn ich sie alle aufzählen würde. Als Mr. Smith uns nun alle Pflanzen gezeigt und erklärt hatte, holte er die wohl bekannteste Heilpflanze.
Es war die Ringelblume.
Mr. Smith erklärte uns die Heilenden Fähigkeiten und beschloss so spontan wie er war, dass sich jetzt nun einmal jeder eine von denn über vierhundertneunundfünfzig Pflanzen eine Pflanze aussuche und mithilfe der Ringelblume eine Heilcreme entwerfe. Wir begannen mit dem Kreieren und noch bevor wir fertig waren läutete auch schon die Schulglocke.
„Der Unterricht ist für heute beendet", sagte der in einem oliven Frack gekleidete Mann und verabschiedete sich.
Wir Elfen flogen nun zurück zum Hauptgebäude. Mr. Smith blieb allein zurück, da er nach seiner Brille suchte.

Im Hauptgebäude angekommen, erwartete uns bereits Mrs. Cambrigh – Baker. Sie sagte zu uns, dass wir uns erst einmal im Speisesaal ausruhen und ihr erzählen sollten, was wir bei Mr. Smith schon gelernt haben.

Wir erzählten ihr von den riesigen Pflanzen und von unseren ersten Experimenten, die wir leider nicht zu Ende bringen konnten. Anschließend begaben wir uns in den großen Zaubersaal in der vierten Etage. Mrs. Cambrigh – Baker klärte uns erst einmal darüber auf wie gefährlich Zaubertränke überhaupt seien. Sie ging zu dem großen Holzschrank, der sich neben der magischen Tafel befand. Sie schloss die Türen auf und holte zwei Flaschen heraus. In der Flasche, die sie in der rechten Hand hielt befand sich eine gelbe und in der Flasche, die sie in der linken Hand hatte befand sich eine purpurrote Flüssigkeit. Sie öffnete die Flaschen, steckte sich mithilfe eines Bleistiftes die Haare zusammen und setzte ihren bernsteinfarbenen Hut auf. Sie band sich ihren Umhang zu, damit sie sich ihr Kleid nicht verschmutzte. Dann begann sie die Flüssigkeiten in zwei speziell dafür vorhandene Schalen zu schütten.

Anschließend holte sie ihren Zauberstab aus einen der Taschen.Sie zauberte einige Minuten und bat alle Elfen nach vorne.

Sie fragte, wer sich zuerst traue in die Gegenwart zu seinen Eltern zu reisen.

Sie gab zu beachten, dass wer seine Mutter sehen möchte in die rote und wer seinen Vater in die gelbe Flüssigkeit abtauchen müsse. Als sich die Elfen fragend anguckten und sich keiner so recht trauen wollte begab ich mich als erste in das spektakuläre Abenteuer. Ich wählte die rote Flüssigkeit. Die gelbe Flüssigkeit konnte ich nicht nehmen, da mein Vater vor genau einem Jahr verstorben war. Als ich nun langsam mit dem Kopf in die rote Flüssigkeit hinein tauchte wurde es schwarz. Die Schwärze dauerte nicht sehr lange an und als diese genauso langsam wie sie gekommen war auch wieder verschwand sah ich meine Mutter Kate, die es sich gerade auf der Couch gemütlich gemacht hatte. Sie starrte auf den Fernsehtisch, auf dem sich Bilder von mir und Sophie befanden. Sie starrte eine ganze Weile auf diesen Tisch bis es an der Haustür läutete.

Sie begab sich zur Tür und öffnete sie. Vor ihr stand unsere Nachbarin und die beste Freundin von meiner Mutter Beatrix Newton. Beatrix fragte nach Dr. Richard Brown, unserem Hausarzt. Ich hörte weiter aufgeregt zu und als meine Mutter zu Beatrix sagte, dass Richard erst in einer Stunde nach Hause kommt verstand ich nicht, was ab meiner

Schullaufbahn hier an der Manchester International High-School of Magic zu Hause in Southampton abgelaufen war. Erst als meine Mutter Beatrix daraufhin wies, dass sie nun ein Paar seien wurde mir klar, dass meine Mutter meinen Vater schon vergessen hatte. Da ich nun wusste, dass Kate nun wieder glücklich war zog ich langsam den Kopf aus der Flüssigkeit, um den anderen Elfen auch noch diese Reise zu ermöglichen.
Mrs. Cambrigh – Baker fragte mich wie ich es empfunden hätte.
Ich antwortete nur mit den Worten Mrs. Cambrigh – Baker: „Es war einfach nur wunderbar.“

Als nächstes traute sich Michael, der sich ebenfalls wie ich, für die rote Flüssigkeit entschied. Er tauchte in die rote Flüssigkeit und sah, wie seine Mutter mit seinem Vater, den er jedoch nur verschwommen sah, ausgiebig in einer Kneipe in der Nähe von Cornwall im Stadtteil Sennen tanzten. Als sie immer und immer wieder tanzten und ab und zu etwas tranken tauchte Michael etwas verärgert wieder auf.

Als Mrs. Cambrigh – Baker nun auch ihn nach seinem Erlebnis fragte und er ihr sagte, dass

er es als sehr langweilig empfand nahm die Lehrerin dies so hin und ließ Michael aus Respekt seiner Person in Ruhe. Zuletzt bat sie Victoria zu sich, die diesmal die gelbe Flüssigkeit auswählte.
Victoria tauchte ebenfalls mit dem Kopf in die dafür vorbereitete Schale.
Doch die Schwärze wollte und wollte sich nicht auflösen. Sie tauchte wieder auf und berichtete Mrs. Cambrigh – Baker davon. Die tauschte die gelbe Flüssigkeit aus und gab Victoria eine Neue.

Als sie jetzt mit dem Kopf eintauchte, sah sie ihren Vater sofort, der mal wieder mit dem Golf spielen beschäftigt war. Das tat er immer wenn er keine Lust auf seine Familie hatte. Seine Frau, der Mutter von Victoria und ihren neun Jahre jüngeren Bruder vernachlässigte er dann immer.

Erst als Victoria in die Golfszene, merkwürdiger Weise, eingriff beendete er seine Golflaufbahn, indem er noch auf der Stelle seinen doch so geliebten Golfschläger mitsamt Tasche und Bälle in die Dee in Wales schmiss.
Anschließend fuhr er zu seiner Frau und berichtete ihr von einer Erscheinung, die ihm

geraten hatte mit dem Sport aufzuhören.Victoria kam langsam wieder aus der Flüssigkeit. Mrs. Cambrigh – Baker war sehr begeistert von Victoria.

Sie beschloss die Schulleiterin Mrs. Groove von der außerordentlichen Leistung zu informieren. Sie rief Mrs. Groove zu sich.

Bald darauf kam die kleine dicke Dame im Zaubersaal an.
Sie sah ein wenig mysteriös aus. Sie trug nämlich ein hellgraue Bluse und eine schwarze Hose. Ihr Haar war kurz geschnitten und weiß gefärbt.

Nachdem sie Mrs. Cambrigh – Baker gefragt hatte, wer denn diese Victoria sei kam sie auf sie zu.

Die Schulleiterin der Manchester International High – School of Magic gratulierte Victoria und beglaubigte ihr, dass sie in den nächsten Tagen von ihr ausgezeichnet würde.
Victoria bekam von Mrs. Cambrigh – Baker Respekt zugesprochen.
Anschließend läutete es.
Wir wussten, dass auch nun diese Stunde beendet war und begaben uns zum

Mittagessen in den Speisesaal.
Nach der Mittagspause hatten wir noch Sprache bei Ms. Jones. Doch von diesem Unterricht ist nicht viel zu berichten. Außer dass er sehr langweilig und anstrengend war. Gegen Abend hatten wir Verwandlungszauberei bei Ms. McHeavering. Bei ihr sollten wir uns aussuchen, in welches Lieblingstier wir uns nun verwandeln wollten. Ich entschied mich für einen Uhu, da ich dann auch Nachts etwas erkennen könnte. Michael wollte ein Hund sein, da dies ja bekanntlich der beste Freund des Menschen sei und niemals verstoßen werde. Michael hatte besondere Angst davor wieder keine Anerkennung zu bekommen ,wie er sie damals immer bei seinen Eltern erlebte. Victoria suchte sich die Schlange aus. Wieso verriet sie uns nicht. Mir kam sofort ein Gedanke. Ich dachte nämlich sie wäre genauso falsch wie eine Schlange. Wir versuchten es uns in das jeweils von uns gewünschte Tier zu verwandeln. Doch dies funktionierte noch nicht so recht. Wir versuchten es mit der Hilfe von der sehr vorsichtig wirkenden Ms. McHeavering ein weiteres Mal. Doch als es wieder und wieder nicht funktionierte brach die Lehrerin aus

Schutz der Zauberkraft den Unterricht ab und wollte den Unterricht auf den nächsten Tag verschieben, was uns alle sehr freute. Nach diesem Unterricht begaben wir uns in den Speisesaal und aßen zu Abend.

KAPITEL 4

Doch als ich so dasaß und mich mit meinen Elfen und Feenfreuden unterhielt trat Mrs. Cambrigh – Baker in den Raum. Sie stand aufgewühlt in der Tür und zitterte wie Espenlaub.
„Was ist mit Ihnen“, fragten die anwesenden Elfen und Feen im Chor. Sie war von irgendetwas so überrascht worden, das sie nichts aber wirklich gar nichts herausbrach. Die Elfen und Feen starrten sich fragend an und wussten selbst nicht wie sie auf diese merkwürdig gewordene sonst so fröhlich wirkende Lehrerin Mrs. Cambrigh – Baker reagieren sollten. Sie stand noch bestimmt eine Dreiviertelstunde in der Tür und erst als Mr. Smith den Raum betrat schien sie sich zu beruhigen.
Mrs. Cambrigh – Baker begann ein Gespräch mit Mr. Smith doch ich verstand kein einziges Wort. Und auch die anderen Elfen und Feen taten sich schwer auch nur ein Wort zu verstehen.

Wir, also Rue, Victoria, Michael, Thomas, Amelia und ich beschlossen nicht eher den Raum zu verlassen, bis wir nicht von einem der Lehrer davon aufgefordert werden.

Die beiden Lehrkräfte unterhielten sich noch eine ganze Weile, bis sie den Raum verließen. Wir waren enttäuscht und Amelia beschloss, das wir fünf uns auf unsere Zimmer begaben, während sie den beiden folgte.

Wir fünf waren damit einverstanden und begaben uns wie Amelia es uns befohlen hatte auf unsere Zimmer und warteten ab was passierte.

Es dauerte noch eine ganze Weile bis es an meiner Zimmertür klopfte. Ich raffte mich von dem Fensterplatz auf und ging zur Tür.
Es war Amelia, die in mein Zimmer stürmte.
Sie erzählte mir von Ihrer Beobachtung.
Sie erzählte mir, wie Mr. Smith und Mrs. Cambrigh – Baker in einem Zimmer in der 4. Etage verschwanden. Sie machten jedoch einen Fehler, in dem sie die Tür des Zimmers einen Spalt offen gelassen hatten. Amelia konnte also das gesamte Gespräch mit anhören. Sie hörte, wie Mrs. Cambrigh – Baker Mr. Smith davon erzählte, wie ihr, als

sie sich gerade in ihrem Zimmer aufhielt und ein paar Notizen für ihren Unterricht machte, Mr. Baker erschein. Ja genau der Mr. Baker, der 1663 unglücklicher Weiser verstarb. Als Mr. Smith seine Kollegin fragte was er von ihr wollte antwortete sie ihm, dass sie es zuerst gar nicht wusste, dass er hinter ihr stand. Sie bemerkte ihren verstorbenen Ehemann erst, als sie sich zum Abendessen aufmachen wollte und aufstand. Mrs. Cambrigh – Baker wollte gerade zur Tür hinaus, als Mr. Baker ihren Namen rief und er ihr sagte, dass er damals nicht alleine für sein Ableben verantwortlich war. „Was“, schrie Ronald, so nannte Mrs. Cambrigh – Baker ihn immer. Alle Lehrer nannten ihre Kollegen beim Vornamen wen sie sich mit oder über ihnen unterhielten. „Ja“, antwortete Diana und erzählte Ronald weiter, dass Andrew am Tag seines Todes häufig oft von der heutigen Schulleiterin Elena Groove in seinem Büro aufgesucht wurde. Sie schleppte immer einen schweren Blumentopf mit sich herum. Irgendwann, nach dem sechsten oder siebten Besuch fragte er was denn mit der Pflanze sei. Auf seine Frage fühlte Elena Groove sich ertappt und musste mehrmals schlucken. Sie stotterte und sagte zu Andrew, dass sie die Pflanze zum

Experimentieren mitgebracht habe. Andrew freute und bedankte sich bei seiner Kollegin, die daraufhin sehr schnell verschwand. Andrew fand dies jedoch nicht gerade merkwürdig und da er so neugierig war, zupfte er sich zwei drei Blätter ab und begann sich einen Saft zu brauen, denn er auch hinterher probieren wollte. Elena Groove beobachte Andrew dabei und als er den Saft genüsslich trank brach er kurz darauf, von der toxischen Wirkung der Pflanze, bewusstlos zusammen.

Es dauerte noch eine kurze Zeit bis er in Anwesenheit von Mrs. Elena Groove verstarb. Kurz darauf alarmierte sie ihre Kollegin Mrs. Cambirgh – Baker. Sie berichtete ihr davon ihn bereits tot aufgefunden zu haben.

Andrew redete weiter mit Mrs. Cambrigh – Baker und bestand auf Rache. Seine Rache bestand auf eine Verfluchung. Die er langsam wirken lassen wollte. Mrs. Cambrigh – Baker war davon nicht begeistert. Doch als sie dies ihm mitteilen wollte war er auch schon wieder verschwunden. Als sie die Beobachtung mir zu Ende erzählt hatte begab ich mich mit Amelia zu meinen anderen Freunden. Diese waren ebenfalls wie ich noch wach, da sie ja nun auch sehr gespannt waren, was Amelia

herausgefunden hatte.
Ich erzählte von Amelias Beobachtungen.
Da es mittlerweile schon sehr spät geworden war und die Lehrer uns beinahe bemerkt hatten beschlossen wir zu Bett zu gehen.

Am nächsten Morgen begann wie jeden Tag der Unterricht für uns.
Doch noch bevor der Unterricht begann setzten wir uns in den Speisesaal und besprachen das weitere Vorgehen.
Ich überlegte zusammen mit Victoria, Michael und Rue, ob es nicht möglich wäre einen Zaubertrank zu kreieren, damit Mr. Baker seinen wohl verdienten Frieden fand. Doch in dieser Lage wären nur die Feen Rue, Thomas und Amelia gewesen, die sich dagegen sträubten.

Wir drei baten die anderen darum, da wir Angst hatten, dass der Schule etwas passieren würde. Denn wenn irgendetwas mit der Schule wäre, wäre dies das Schulende aller Feen und Elfen. Doch dies wollten wir nicht. Denn wir fühlten uns hier wohl und fanden uns in gewisser Weise sehr geehrt, diese Welt kennenlernen zu dürfen. Und wenn unser Schulende jetzt besiegelt würde, hieß das auch für unsere Freundschaft das bittere Ende.

Wir überlegten weiter und mussten unsere Besprechung verschieben, da wir leider zum Unterricht aufbrechen mussten.
Wir begaben uns in den Unterrichtsraum von Ms. McHeavering, bei der wir den Unterricht vom vorherigen Tag weiterführen sollten.
Wir begaben uns dorthin und folgten den Anweisungen Ms. McHeaverings. Auch nach allen Bemühungen konnten wir uns nicht so recht konzentrieren. Wie auch, wir mussten ja ständig an das Gespräch mit Mr. Smith und Mrs. Cambrigh – Baker denken. Wir, besonders ich, hatte große Angst vor der Rache Mr. Bakers. Wie stark würde die nur ausfallen und wer würde außer die von Mr. Baker gehasste Mrs. Groove noch in den Fluch eingeplant. Vielleicht die ganze Schule.

Als der Unterricht endete und wir uns in den Speisesaal begeben durften, um uns auf den weiteren Zauberunterricht vorzubereiten, zerbrachen Thomas und ich uns den Kopf darüber, wie wir uns bzw. die ganze Schule vor dem Fluch retten konnten. Als wir weiter so da saßen und unsere Köpfe zerbrachen erschien uns eine geistlich wirkende Figur.

Es war Mr. Bakers Geist, der uns in unserer Besprechung störte und sich beeindruckt zeigte.
Er sagte, dass er bereits von Victorias großer Zauberaktion begeistert war. Doch dies übertreffe alles. Schüler, die sich für das Wohl der anderen Elfen und Feen sowie für die Lehrerinnen und Lehrer und des Hauskoboldes Hollow interessierten bekämen hohe Anerkennung von ihm.

Ich fragte ihn, trotz seiner lobenden Worte, wie sein Fluch denn Aussehen würde. Und er sagte uns, dass er Mrs. Groove genau so leiden lasse, wie sie einst ihn. Als ich ihn ängstlich fragte ob den Fluch auch andere Elfen, Feen oder gar Lehrer abbekämen, die gar nichts damit zu tun hätten. Doch aufgrund dieser Frage musste er nur herzlich lachen und versicherte mir und den anderen, dass seine Verfluchung nur Mrs. Groove und keinen anderen treffen würde. Wir waren erleichtert und unsere Furcht verschwand sofort.

Wir begaben uns nach der Pause zurück in unseren Unterricht und bald danach erfolgten auch die ersten Erfolge. Diese sahen so aus, das es nun endlich funktionierte, dass Michael

sich in einen Hund, Victoria in eine Schlage und ich mich in einen Uhu verwandelte. Ms. McHeavering erfreute dieses Ergebnis so, dass sie uns allen die Note sehr hervorragende Zauberverwandlungskunst verlieh. Es dauerte noch einige Minuten da besuchte uns Mrs. Groove, die die Auszeichnung von Victoria in Angriff nehmen wollte. Sie sagte zu Victoria, das die Zeremonie in einer guten viertel Stunde im Speisesaal stattfinden würde.
Daraufhin begab sie sich zu ihrem Büro um die Auszeichnung zu entwerfen. Als sie dann sich auf den Weg machte um die Auszeichnung zu beginnen traf sie in der fünften Etage wenige Schritte entfernt von ihrem Büro auf den Geist von Mr. Baker. Er begrüßte die ein wenig erschrockene Mrs. Groove. „Toll wie du mich damals aus dem Amt entfernt hast. Aber du wirst schon sehen, was du davon hast.“ Mrs. Groove war schockiert nach dem Auftritt ihres Erzfeindes Andrew Baker. Sie blieb zunächst einmal stehen und begab sich dann sofort zu ihrem Büro. Sie beschloss über ihr damaliges Attentat nach zu denken und beschloss aus Angst der Rache von Andrew ihren Rücktritt zu erklären. Vielleicht würde Andrews Rache

dann glimpflicher für sie ausgehen. Doch bevor sie ihren Rücktritt bekanntgeben wollte, wollte sie zunächst Victoria für die hervorragenden Leistungen mit der schwebenden Zaubernadel auszeichnen.

Mrs. Groove begab sich in den großen hellerleuchteten Speisesaal, indem sich alle Elfen, Feen und Lehrer versammelt hatten. Sie begab sich zu dem weißen Rednerpult. Sie hieß alle recht herzlich willkommen und bat Victoria Kennedy zu sich. Sie überreichte ihr die schwebende Zaubernadel und verzauberte nun auch sie in eine Fee. Mrs. Groove sagte nämlich, dass man nur in eine Elfe verwandelt würde, wenn man auch die Fähigkeiten dazu besäße und schaute in die traurigen Augen von Michael und mir. Anschließen betonte sie noch, dass die Verwandlung zur Fee nur von einer Lehrkraft für gültig erklärt würde. Nach der Auszeichnung bat sie alle Anwesenden um ihr Verständnis. Sie kam auf die geheimnisvolle Begegnung mit Andrew Baker zu sprechen, worüber sich Mr. Smith und Mrs. Cambrigh – Baker sehr ärgerten. Sie erzählte die Androhung auf eine Verfluchung ihrer Person und versuche sich nun mit ihrem Rücktritt von

ihrem Amt, der Zauberei und der Schule vor der Verfluchung zu schützen.
Alle Lehrer außer Mr. Smith und Mrs. Cambrigh – Baker verstanden und respektierten ihr Ende als Schulleiterin mit sofortigem Wirken. Sie verabschiedete sich von allen ihrer Schüler und Lehrer und begab sich in ihr Büro um die letzten Sachen zu packen. Damit sie die Schule verlassen konnte.

KAPITEL 5

Während Mrs. Groove wehmütig ihre Sachen in Ihre Taschen packte und sich traurig an ihren alten Arbeitsplatz an den Schreibtisch begab setzte sie sich ein letztes Mal vor das große Fenster und schaute auf den Hof vor dem Bergwerk.

Sie saß in sich gekehrt vor dem Fenster bis es an Ihrer Tür klopfte und Mr. Smith darin stand. Er bat sie ihre Rücktrittsunterlagen zu unterschreiben, damit sie entlassen werden konnte.

Sie raffte sich auf, folgte ihrem Kollegen und unterzeichnete in seinem Büro die Unterlagen. Mr. Smith verabschiedete sich von ihr und ging. Mrs. Groove blieb noch eine Weile und setzte sich auf die Bank vor dem Büro. Sie musste immer wieder über ihren Fehler nachdenken, als sie Andrew Baker eiskalt ermordete und jetzt die Quittung von ihm selbst wieder bekam. Sie dachte noch lange über ihren Fehler nach und wünschte sich, das sie die Zeit zurückdrehen könnte. Doch dies ging leider nicht.

Als Mrs. Groove sich dann langsam auf den Weg machte Richtung erste Etage und Ausgang wurde sie wieder einmal vom Geist Andrew Bakers heimgesucht. Dieser eröffnete ihr die Verfluchung, die nicht gerade harmlos war. Mrs. Groove merkte zunächst einmal gar nichts davon wunderte sich jedoch, das der Geist sich von ihr mit den Worten: „Wir sehen uns bald in meiner ewigen Ruhe wieder“ verabschiedete.

Mrs. Groove ging es von Minute zu Minute immer schlechter und als sie bemerkte, wie sich ihre Haut veränderte wusste sie das Andrew den Fluch längst eingesetzt hatte. Der Fluch fraß sich weiter durch Elenas Haut. Die Zersetzung der Haut war schon so weit fortgeschritten, dass Elena nur noch Muskel und Knochen war. Als sie sich dann auch noch an die frische Luft begab brach sie mehrmals zusammen, konnte sich jedoch die ersten viermal wieder selbst aufrichten. Beim fünften Mal jedoch war es vorbei. Der Wind wurde immer stärker, sodass der geschwächte Körper sich noch mehr auflöste. Er löste sich immer mehr auf und als dann nach einigen Minuten eine Windhose auftauchte riss diese den Körper von Elena mit. Was mit Elena passierte ist jedoch

fraglich.
Ich weiß jedoch nur, dass nach der Windhose nur noch ein winziges Aschehäufchen von Elena Groove über war, das auch nach neun Sekunden verweht war.

Mr. Baker kam kurz nach Elenas Ableben zu seiner Frau Diana und sagte ihr, dass Elena nun bei ihm sei. Seine Rache sei geglückt und er könnte jetzt seinen Frieden finden.
Er verabschiedete sich ein zweites Mal von seiner Frau und war sich nun sicher diese Welt der Lebenden nicht mehr aufzusuchen.
Als Andrew nun verschwunden und Mrs. Cambrigh – Baker sich sicher war, dass sie ihrem Ehemann nun nicht mehr begegne eilte sie zu Mr. Smith und berichtete ihm, dass Elena tot ist und Andrew nicht mehr auftauchen werde.

Mr. Smith war heilfroh und feierte die guten Nachrichten mit einer Schulfreien Woche für mich und die anderen Elfen und Feen.
In dieser Woche passierte eigentlich nicht sehr viel. Außer das Mr. Smith nach einem würdigen Nachfolger von Elena Groove suchte.

Er schlug Mrs. Cambrigh – Baker vor, die dies aber nicht wollte und Mr. Smith vorschlug, da er der Dienstälteste war. Mr. Smith zeigte sich einverstanden und legte aufgrund seines hohen Amtes seine Lehrverfügung ab, wie alle anderen Schulleiter auch, die an dieser Schule unterrichteten. Mr. Smith bedankte sich für das in ihn gesetzte Vertrauen und begab sich in sein altes Arbeitszimmer. In diesem packte er seine persönlichen Sachen zusammen und begab sich in die höchste Etage, in der sich das Büro des jeweiligen Schulleiters befand. Als er in seinem neuen Arbeitszimmer angekommen war begutachtete er dieses. Er lief durch das Zimmer und blieb an einer Wand stehen. An dieser Wand befanden sich die Bilder der Schulleiterinnen und Schulleiter der Manchester International High – School of Magic. Es waren sechs. Mr. Charles Harper, Mr. Jacob Eddison, Mr. William Seaton, Mrs. Camilla Jackson, Mr. Andrew Baker und Mrs. Elena Groove.
Alle sind im Alter von über einhundert Jahren verstorben, außer den Schulleiterinnen. Mrs. Groove war nur neununddreißig Jahre alt geworden und Mrs. Jackson, die einzige noch lebende lebte mit ihrem Ehemann Edward

Jackson in Birmingham. Nachdem er sich die Bilder der ehemaligen Kollegen gründlich angeschaut hatte und lächelnd in der Erinnerung schwelgte klopfte es an die Tür. Es war Mr. Matthew Cunningham, der das Bild von Mr. Ronald J. Smith in der Hand hatte. Es war ein schwarzweißes Bild eingebettet in einem goldenen Bilderrahmen und seinem Namen. Jedes Bild sah so aus. Mr. Cunningham hängte es neben dem Abbild von Mrs. Elena Groove an und verließ wieder den Raum um seiner Arbeit wieder nachzukommen.

KAPITEL 6

Als Mr. Cunningham sein Büro wieder verlassen hatte, wurde Mr. Smith langsam bewusst welche Aufgabe er nun hatte. Er war sehr stolz darauf, das von ihm sehr verehrte Amt seiner so geliebten Schule ausüben zu dürfen. Er begab sich zu seinem Schreibtisch und begann zu arbeiten. Seine erste Aufgabe bestand darin, die ehemalige Schulleiterin mit einem Trauerzauber zu verabschieden. Zu diesem wollte er Camilla Jackson mit Ehemann Edward Jackson und den Bruder von Mrs. Groove, Peer Grove einladen. Damit sie sich von der ehemaligen Schulleiterin in Anwesenheit der Elfen, Feen und Lehrer verabschieden konnten. Er versuchte diese Zeremonie für den nächsten Tag zu arrangieren.
Außerdem musste er dafür sorgen, dass er eine neue Lehrkraft für sein ehemaliges Lehrfach Heilkunde für Elfen finde. Er selbst durfte ab jetzt, also seit dem er nun neuer Schulleiter ist, traditionell seine Lehrmöglichkeit nie wieder ausüben.

Am nächsten Morgen begann die Trauerzeremonie für die ehemalige Schulleiterin. Zu dieser erschienen alle Elfen,

Feen und Lehrer in schwarzen Gewändern. Wie bereits bei jeder Trauerzeremonie war bzw. ist es nur dem jetzigen Schulleiter oder der jetzigen Schulleiterin das Zaubern in Form des Trauerzaubers vergönnt. Allen anderen ist das Zaubern sowie das Mitführen des Zauberstabes an diesem Tage untersagt. Mrs. und Mr. Jackson sowie Mr. Groove waren nicht erschienen. Sodass Mr. Ronald J. Smith mit dem Trauerzauber begann. Dieser begann mit den Worten Elena anima sulcus, exaudi magicae et commemorare haec. Anima requiescit pacifice et apprehendent quis maledictionem.
Dies sprach er mit erhobenem Zauberstab Richtung Zimmerdecke aus.
Anschließend befahl er allen sich auf ihre Zimmer zu begeben und dass der Unterricht zwei weitere Tage ausfalle.
Inder Zeit, in der sich alle auf Ihre Zimmer begaben machte sich der neue Schulleiter auf in sein Büro um die ihn ereilten Bewerbungen der Lehrkräfte für Heilkunde für Elfen aus der nahen Umgebung zu sichten. Dies waren sehr viele und nach ersten Einladungen entschied sich Mr. Smith nicht nur eine Zauberlehrkraft sonder gleich zwei einzustellen. Beide sollten die Heilkunde unterrichten. Einer den Elfen

und der andere den Feen. Nach der gründlichen Sichtung der Unterlagen entschied er sich erst einmal für Mr. Henry Carter, dem neuen Lehrer für Heilkunde, die er den Elfen ab jetzt beibrachte und somit die alte Aufgabe von unserem neuen Schulleiter nun übernahm.
Er machte sich gut zumindest so gut, dass Mr. Smith mit ihm zufrieden war. Und das war schon etwas. Wer so etwas von dem sehr weisen Zauberer gesagt bekam konnte schon sehr stolz auf sich sein. Und auch die anderen Kollegen wie Mr. Cunningham, der nur schwer von neuen Dingen oder Kollegen zu überzeugen war, zeigten sich sehr beeindruckt. Dies ließ er ihn auch gleich spüren, indem er ihm das "Du" anbot.

In der ersten Unterrichtstunde bei Mr. Carter durften wir Elfen uns dann endlich, von dem so oft gelobten und sehr beliebten neuen Lehrer, selbst ein Bild machen.
Doch bereits nach den ersten fünf Minuten wurde mir klar, dass die Lehrer sehr wohl das richtige sprachen und Recht behielten.
Mr. Carter war echt sehr nett.
Nach dem Unterricht war mir klar, dass Mr. Carter nach Mrs. Cambrigh – Baker und Mr.

Smith einer der beliebtesten Lehrer würde und somit Amelia und mein dritter Lieblingslehrer. Nach dem darauffolgenden Abendessen flog ich mit Rue und Amelia die Treppe hinauf um Amelias Zimmer im vierten Stock zu erreichen.

Auf unserem Flug in die dritte Etage bekamen wir ein sehr fröhliches Gespräch zwischen einem fremden Mann und Mr. Smith mit. Ich fragte Rue wer der Fremde denn nun sei. Doch auch sie konnte mir dies nicht beantworten. Ich fragte ausgerechnet sie, da sie sehr neugierig war und normalerweise immer alles wusste.

Wir hörten den beiden weiter gespannt zu. Mr. Smith und der fremde Mann unterhielten sich über ein neues Lehrfach. Es war das Fach Heilkunde für Feen.

Wir waren über diese Information sehr erfreut. Nun hoffte ich, dass Mr. Smiths Plan auch umgesetzt würde. Denn wenn es dieses neue Fach geben würde könnten Michael, Thomas, Victoria und ich endlich Feen werden. „Mal schauen“, dachte ich und erlebte nach dem Gespräch der beiden Lehrer mit meinen beiden Freundinnen Amelia und Rue einen schönen Abend.

Am nächsten Morgen, genau gesagt um halb sieben, dies war die reguläre Aufwachzeit für die Elfen und Feen, erfuhr ich, dass ich mich dringend in den Speisesaal begeben sollte, da der Schulleiter Mr. Smith uns etwas mitteilen wollte.

Als ich dann sehr flott die Wendeltreppe hinunter flog und endlich im Speisesaal in der ersten Etage angekommen war, waren alle anderen Elfen und Feen bereits anwesend und saßen auf ihren Plätzen. Ich begab mich zum Tisch, an dem bereits meine Freunde saßen. Ich schaute mich um und als ich mich so um schaute sah ich, an dem vorderen Ecktisch, der sich neben dem Rednerpult befand, alle Lehrer der Manchester International High-School of Magic sitzen. Selbst die bereits pensionierte Schulleiterin Mrs. Jackson, die aus gesundheitlichen Gründen am Trauerzauber für Elena Groove nicht teilnehmen konnte war da.
Dies signalisierte mir, dass die gleich beginnende Mitteilung von großer Bedeutung war. Ich wartete mit allen anderen aufgeregt auf das Erscheinen des Schulleiters, der gleich darauf auch erschien. Er war jedoch nicht allein. Er wurde begleitet von zwei Herren. Denn rechte Herren von ihm kannte

ich bereits. Es war Mr. Carter der neue Lehrer für Heilkunde der Elfen. Doch den linken Herren kannte keiner von uns, nicht einmal die Lehrkräfte.

Nachdem sich die zwei Herren links und rechts neben dem neuen Schulleiter Mr. Smith positioniert hatten, begann Mr. Smith mit seiner Rede. Er begrüßte alle, aber vor allem die extra angereiste Mrs. Camilla Jackson, die von 1648 bis 1736 Schulleiterin war. Die er mit den Worten Mrs. Jackson sei eine sensationell großartige und willensstarke Persönlichkeit, die sehr viel für die noch heute bestehende Schule getan hat würdigte. „Ich bzw. wir möchten ihr dafür ganz großen Dank und unseren höchsten Respekt zukommen lassen."

Anschließend standen wir alle auf und applaudierten für die Grande Dame. Nun aber zu dem eigentlichen Grund meines heutigen Auftrittes in Form einer Rede sagte er. Wie ihr alle sicher wisst ist es traditionell bis jetzt immer so gewesen, dass der jeweilige Schulleiter seine Unterrichtsfach abgibt und bis zu seinem Ableben nicht wieder aufnimmt. Er sucht sich eine neue Lehrkraft die diesen Unterricht dann dauerhaft übernimmt.

Er stellte den neuen Lehrer für Heilkunde der Elfen Mr. Carter vor. Mr. Carter war ein mittelgroßer Mensch, der eine braune Weste trug. Darunter trug er ein hellgrünes Hemd dazu eine graue Hose und schwarze Schuhe. Nach seiner Vorstellung sagte Mr. Carter einige Worte. Er sagte, dass die Aufnahme an dieser Schule für ihn eine Ehre sei. Er bedankte sich für die respektive Aufnahme im Kollegium und bei den Elfen. Dann beschloss er nach gut zehn Minuten seine Rede mit den Worten, dass er sich wahnsinnig auf die Zusammenarbeit mit den Elfen freue.
Anschließend setzte er sich an den Lehrertisch neben Mrs. Cambrigh – Baker.
Nach der anspruchsvollen Rede sagte der Schulleiter, das er sich überlegt habe nicht nur einen Lehrer für Heilkunde der Elfen einzustellen sondern, dass er es versuchen möchte, dass die zukünftigen Feen auch Heilkunde bräuchten und er das Fach Heilkunde für Feen starten will.
Die Elfen, Feen und Lehrer zeigten sich begeistert und nachdem Mr. Smith seine Rede mit den Worten beschloss, dass wir uns jetzt erst einmal auf die Unterrichtsfreie Zeit und dann auf das neue Schuljahr mit neuen Elfen und Feen freuen können.

Dann lass er noch die Namen der diesjährigen besten Elfen und Feen vor, die die Schule über die Unterrichtsfreie Zeit verlassen konnten und drei Wochen bei ihren Lieben verbringen konnten. Es waren einige an die ich mich nicht mehr so recht erinnern kann. Außer einer Elfe. Es war Victoria Kennedy, ja genau die aus meinem Freundeskreis. Als sie wenig später von Hollow dem Schulkobold nach Wales reisen sollte zerriss es ihr fast das Herz, als sie sich nun von ihrer großen Liebe Michael für einige Zeit trennen sollte. Doch nach der traurigen Verabschiedung ging sie schließlich mit Hollow mit. Dann begann die Unterrichtsfreie Zeit für die Elfen, Feen und Lehrer.

KAPITEL 7

In dieser Unterrichtsfreien Zeit passierte eigentlich nicht sehr viel.
Jeden Tag verbrachte ich mit Rue, Amelia, Michael und Thomas, die die hierbleiben mussten. Bis auf einen Tag.
Es war noch vor Mittag als der kleine Schulkobold Hollow das Zimmer von Michael, in der dritten Etage, aufsuchte.
Als er dann schließlich die lange Wendeltreppe hinauf gegangen war, klopfte er an das Zimmer. Als wir ihm dann schließlich den Eintritt gewährten, kam er tollpatschig auf mich zu. Ich befand mich währenddessen sitzend auf Michaels Bett und war etwas nervös, wieso er gerade auf mich zukam.
Als er nun schließlich vor mir stand gab er mir einen Brief, auf dem mit schwarzer Tinte geschrieben war: *Für meine Schwester Pia.*
Ich musste einige Zeit überlegen, ob ich den Brief wirklich öffnen sollte. Schließlich war er von meiner Schwester, die mir hier vor einigen Wochen ganz klar zu verstehen gab, dass sie mit mir nichts mehr zu tun haben wollte.
Sodass ich den Brief ungeöffnet auf die Fensterbank neben dem Bett legte, und Hollow bat das Zimmer wieder zu verlassen, was er auch tat. Anschließend verbrachte ich

noch den ganzen Tag mit meinen Freunden.

Erst gegen Abend verabschiedete ich mich und ging in mein Zimmer. Ich nahm selbstverständlich den Brief mit, öffnete ihn jedoch wieder nicht. Erst als ich in meinem Bett lag und ich voller Aufregung wegen dieses Briefes nicht einschlafen konnte, öffnete ich den Umschlag und las den Brief: „Liebe Pia“, stand darin. „Ich bin wieso auch immer wieder hier bei deiner Mutter. Du lagst neben mir in einer Art Koma. Mutter geht es nicht gut. Ich möchte ihr von der High – School berichten, dass kann ich auch aber irgendwie sind nur noch winzige Augenblicke in meinem Kopf. Ich hoffe wir ....“
Da endete der Brief. „Merkwürdig“, dachte ich. „War irgendetwas passiert. Oder wieso endete sie hier ihr schreiben. War eine mystische Gestalt ihr erschienen.“ Das alles ließ mir keine Ruhe und ich beschloss zum Büro des Schulleiters zu gehen. Doch das war bereits verschlossen. „Mist“, dachte ich und suchte nun allein nach Hollow. Ich suchte wirklich jeden Winkel des Bergwerkes ab. Doch ich fand ihn nicht. Sodass ich mich nach gut einer Stunde wieder zu meinem Zimmer aufmachte.

Am nächsten Morgen erzählte ich Michael von dem Brief und er half mir nach Hollow zu suchen. Doch auch wir fanden Hollow nicht. Erst als Mr. Smith uns fragte, wen wir suchen und Michael ihm sagte, dass er und ich nach Hollow suchen sagte er uns, dass Hollow im Moment nicht zur Schule kommt, da ich ihn beauftragt habe nach den neuen Elfen zu suchen und sie einzeln hier hin zubringen. Ach ja antwortete ich. So wurde ich ja auch hier hin befördert.
Nach diesem Gespräch brachen wir unsere Suche ab. Michael fragte mich ob ich noch eine Weile bei ihm bleiben wolle. Da Thomas und Amelia noch vorbei kommen wollten. „Ja gerne", antwortete ich und wartete mit Michael auf Amelia und Thomas.
Und so verbrachte ich einen weiteren Tag bei Michael, Amelia und Thomas. Am Abend traf ich mich noch mit Rue. Mit der ich am gestrigen Tag vereinbart hatte, am heutigen Abend eine Partie Schach im Speisesaal zu spielen.
Und so verging ein weiterer Unterrichtsfreier Tag.Ich erlebte noch viele sehr schöne Tage mit meinen Freunden. Wir spielten jeden Abend ein anderes Spiel entweder Skat, Mau-Mau oder Schach.

Am vorletzten Abend der “Ferien“ wurde uns bewusst, dass es bald richtig losging. Und das ich bzw. wir uns voneinander verabschieden mussten. Rue war bald fertig und auch Amelia und Thomas würden bald verabschiedet. Ich fand das wahnsinnig traurig und auch die drei Feen sowie auch Michael waren sehr geknickt, sodass wir am letzten freien Tag beschlossen, dass wir nochmals ein Picknick machen würden. Diesmal jedoch alle zusammen. Und als wir am nächsten Morgen uns auf den Weg machten wussten wir alle, dass heute Abend unsere Freundschaft enden würde. Wir genossen die letzten Stunden und erzählten uns einander von den aufregendsten und witzigsten Erlebnissen. Doch als es langsam dunkel wurde flogen wir schweren Herzens zurück, zum Bergwerk.

Auf dem Rückflug schlug Thomas vor, dass wir zum Abschied noch einmal eine Runde Skat spielen sollten. Denn das war ja unser Lieblingskartenspiel. Diese Idee kam richtig gut an und wir spielten schließlich bis zum nächsten Morgen.
Dem ersten regulären Schultag.
Um genau acht Uhr, des nächsten Tages, begann die Verabschiedung der alten und die Begrüßung der neuen Feen.

Die Verabschiedung erfolgte als Erstes. Mr. Smith und Mrs. Cambrigh – Baker riefen alle alten Feen des letzten Schuljahres auf. Es waren sehr viele. Doch als Mrs. Cambrigh – Baker die Namen von Rue und Amelia und Mr. Smith den Namen von Thomas aufrief hieß es nun endgültig Abschied nehmen. Wir drückten uns, bevor die drei zu den Lehrern gingen. Sie wurden von beiden Lehrern mit der Elfennadel ausgezeichnet und verließen anschließend, in Anwesenheit vom Kobold Hollow, das Gebäude. Ich sah nicht in welche Richtung sie verschwanden, obwohl ich Hollow und meinen drei Freunden hinterher gegangen war. Nachdem ich sie nun aus den Augen verloren hatte und auch trotz ausgiebiger Suche sie nicht wiederfand ging ich schließlich traurig zurück zum Speisesaal.
Als ich schließlich nun wieder im Saal angekommen war schaute mich Mr. Cunningham erbost an und begab sich sofort zu meinem Platz. Er bat mich ihn nach draußen zu begleiten um mit ihm ein ernstes Gespräch zu führen. Mr. Cunningham fragte mich in der Eingangshalle der Schule wie ich es wagen könnte einfach die für jede Elfe und Fee verpflichtende Schulveranstaltung zu verlassen. Dies könnte nämlich erheblich

Folgen haben z.B. das die Verwandlung von Elf in Fee sich um ein weiteres Jahr verschiebt. Ich war geschockt und zitterte, da ich Angst hatte nun auch meinen letzten Freund bald zu verlieren. Ich entschuldigte mich bei ihm.

Mr. Cunningham und Ich begaben uns nun wieder zur Schulveranstaltung und hörten gespannt Mr. Smith weiter zu. Er begann nun alle Elfen aufzurufen. Viele Namen waren dabei. Aber als meiner aufgerufen wurde freute ich mich so, dass ich kurzerhand einen so lauten Jubelschrei auswarf, das Mr. Smith seine Rede schmunzelnd unterbrach. Alle mussten Lachen, außer Mr. Cunningham. Er war gar nicht amüsiert über mein Verhalten. Irgendwo auch Verständlich. Schließlich hatte er mir ja auch vor genau einer halben Stunde erzählt, dass ich mich doch bitte benehmen solle.

Doch manche Menschen können sich halt nicht benehmen und dazu gehöre ich nun auch einmal. Trotz dieser Bitte von Mr. Cunningham wunderte ich mich, wieso man sich einfach nicht amüsieren kann. Doch irgendwo war es mir egal, denn wenn ich jetzt endlich Fee würde, würde ich Mr. Cunningham nie wieder begegnen. Zumindest

nicht als Lehrkraft. Ich beschloss einfach nicht mehr über den unsympathischen Cunningham nach zu denken und hörte den Worten vom Schulleiter weiter zu, der seine Rede mit schmunzelnder Mine weiterführte.
Als er nun alle Elfen aufgerufen hatte begrüßte er alle alten Elfen im zweiten Schuljahr als Feen, in die er uns nach und nach verzauberte. Ich und Michael waren sehr froh darüber, dass wir es jetzt zu Feen gebracht hatten. Wir blieben noch eine Weile und gratulierten einander. Anschließend warteten wir auf das Aufbrechen der anderen Feen und Lehrer. Michael und ich begaben uns auf das Zimmer von Michael und spielten noch eine Partie Schach. Dies war sehr amüsant. Als Michael dann auch noch den Läufer opferte musste ich immer an Viktoria denken, die diesen Fehler auch jedes Mal tat und mich so extra gewinnen ließ.

Nachdem wir dieses Spiel beendet hatten begab ich mich auf mein Zimmer.

KAPITEL 8

Am nächsten Morgen wurden iMichael und ich schon bereits um 4 Uhr geweckt. Normalerweise wurden wir von Mrs. Cambrigh – Baker erst um 6 Uhr geweckt. Doch heute war ein besonderer Tag. Die neuen Elfen wurden vorgestellt und für Michael und mich startete das neue Schuljahr.

Nachdem uns also Mrs. Cambrigh – Baker aus dem Schlaf gerissen hatte, begaben wir uns in den Speisesaal und hörten Mr. Smith wie genau am gestrigen Tage weiter zu.
Er begrüßte die Elfen.

Als er damit fertig war, begann für uns, wie nun jetzt wieder jeden Tag, der Unterricht. Unser Tag begann damit, dass wir uns den anderen neuen Elfen vorstellten. Michael und ich fanden schnell Anschluss. Zwei Feen namens Sue und Rick waren uns sofort vertraut. Anschließend zeigten wir den rund vierzehn neuen Elfen die Schule. Sie fragten uns warum die Schule einem Bergwerk ähnelt. Doch dies konnten wir ihnen nicht beantworten und so beschlossen wir, Mr. Smith aufzusuchen. Der könnte uns bestimmt weiterhelfen. Und übrigens wollte ich wissen, was mit Victoria passiert war. Schließlich war sie nach den Unterrichtsfreien Tagen nicht mehr wieder gekommen. Ohne auch nur ein Wort zu Michael oder mir zu sagen. Also flog Michael mit den Elfen in die oberen Etagen und zeigte Ihnen alle wichtigen Räume. Ich begab mich zum Büro des Schulleiters. Als ich vor diesem stand wartete ich einige Minuten, bis ich mich dazu entschloss Mr. Smith zu stören. Ich wartete extra einige Minuten, da ich Respekt vor dem netten alten Mann hatte. Nachdem ich angeklopft hatte dauerte es noch gut zwei Minuten. Dann öffnete der sympathische Mann mir die Tür. Er war sehr erfreut, dass ich ihn aufsuchte. Er bat mich in sein Büro hinein und wir setzetn uns auf die Couch, gegenüber seinem Schreibtisch neben der Eingangstür.

Ich fragte ihn im Auftrag der neuen Elfen, wieso die Schule einem Bergwerk ähnelt. Mr. Smith war sehr erstaunt, dass sich die neuen nun sichtlich für die Geschichte der Schule interessieren. Dies machte ihn sehr zuversichtlich auf zwei neue tolle Jahre. „Also das war so“, begann er..„Im Jahre 1568 gründete Charles Harper die heutige Manchester International High-School of Magic. Er baute die High-School in ein

Bergwerk, da er Bergwerke über alles liebte. Im Alter von zehn Jahren war er das erste Mal mit seinen Eltern in einem stillgelegten Bergwerk. Als die drei dann sich das Bergwerk genauer ansahen erschien im eine Kröte, die einer Unke glich. Diese Unke verwandelte sich zurück in eine alte Hexe namens Umbra, die den kleinen Charles aus Schutz das er die Hexe nicht anderen Beschrieben konnte erblinden ließ. Aufgrund dieses Ereignisses baute er seine Schule in einem Bergwerk. Mit der leisen Hoffnung, dass die Hexe Umbra ihn ein erneutes Mal aufsuchen würde." Ob ihm dies widerfuhr, konnte er mir mit genauer Sicherheit nicht sagen. Außer, dass er kurz vor seinem Tod seinem ehemals besten Freund Jackson Eddison erzählt hatte, dass er wieder sehen könne." Als nächstes fragte ich ihn nach dem Verbleib von Viktoria Kennedy der Schwester von Thomas Kennedy. Ich merkte, dass er ein wenig fragend neben mir vorbei schaute.

Er stand auf und öffnete den Schrank der neben seinem Schreibtisch stand und suchte, in mehreren kleinen Kartonschachteln, nach den Akten von Victoria Kennedy, die er mysteriöser Weise aber nicht fand. Er vertröstete mich auf einen späteren Zeitpunkt. Da er die Akten nicht fand, ging ich wieder, da ich die Führung der neuen Elfen mit Michael fortsetzen wollte.

Wir beide zeigten den sehr aufmerksam zuhörenden Elfen den Speisesaal sowie die Unterrichtsräume. Am Nachmittag beendeten wir die Führung. Als wir dann in Richtung Ausgang flogen hörten wir ein Gespräch zwischen den drei Lehrern Cambridge – Baker, Cunningham und Smith. Sie erzählten sich etwas davon, dass ein besonderes Ereignis anstehe. Wir beschlossen nicht weiter zuzuhören.

KAPITEL 9

Da wir uns überraschen lassen wollten, worüber die drei sprachen, kehrten wir auf unsere Zimmer zurück. Doch als wir so die Treppe hinauf flogen kamen uns drei neue Elfen entgegen. Zwei davon kannten wir bereits flüchtig. Es waren Sue und Rick, die seit gestern hier neu starteten. Die dritte Elfe war Oli. Michael und ich beschlossen uns ein wenig mit den neuen Elfen zu unterhalten. Vielleicht könnten wir beide den anderen dreien auf ihrer Reise unterstützend zur Seite stehen, wie es einst Rue, Amelia und Thomas für uns getan hatten. Und als ich dies zu Michael sagte wurde mir bewusst, dass ich die drei bzw. vier wahrscheinlich nie wieder sehen würde. „Sehr traurig", dachte ich. Da ich nun aber einen schönen Tag verbringen wollte setzten wir fünf uns in den Speisesaal und spielten eine Partie Schach. Und als wir zusammen Schach spielten erzählten wir uns gegenseitig etwas über unsere Eltern und unsere Hobbys.

Michael war begeisterter Wassersportler. Ich spielte gerne Blockflöte und war im Kirchenchor tätig. Sue war begeisterte Tänzerin. Rick spielte gerne Fußball und Oli gerne Badminton.

Nachdem wir mehrere Partien gespielt und schon keine Lust mehr hatten kam Mr. Smith in den Speisesaal und fragte uns, ob wir Mrs. Cambrigh – Baker und Mr. Cunningham gesehen hatten. „Nein“, antwortete ich und Oli sagte, das sie doch vorhin mit Ihnen gesprochen hätten. „Ach ja“, antwortete der ältere Herr und sagte verschmitzt: „vielleicht bin ich ja schon an Turbiose erkrankt.“
Eine typische Krankheit, die Lehrer ab dem 77. Lebensjahr heimsucht.
Und schon wieder hatten Michael und ich die Angst, einen sehr geschätzten Lehrer zu verlieren.

Oliver, Sue und Rick konnten dies nicht so recht verstehen.

Als dann aber eine dunkel gekleidete Person lautstark schrie und betonte, das die Lehrer auszurotten sein starrten wir uns einander an, und als Sue sich langsam umdrehte war keiner mehr zu sehen. Als Sue näher herantrat war doch noch etwas von der merkwürdigen Gestalt übrig geblieben. Es war ein braungrauer Käfer, der, als Sue mit ihrem Gesicht dem Tier näherte, aufbrach. Aus diesem kamen dann nach und nach ganz viele Maden. Sue erschrak so sehr, dass sie schreiend zu uns zurückkehrte.

Anschließend verließen wir den Raum und schlossen die hölzerne Tor Tür, sodass die ekeligen Maden nicht in die Eingangshalle hineinkamen, die der damalige Schulleiter Mr. Seaton 1799 eröffnet hatte.

Wir flogen aufgebracht in Sues Zimmer und verarbeiteten dass erlebte Erlebnis.
Nachdem wir den Schock verdaut hatten klopfte es an der Tür. Es war Mrs. Cambrigh – Baker, die mit ernster Miene uns bat, dass Büro des Schulleiters aufzusuchen. Wir erfolgten ihrer Anweisung. Doch als wir so in geschlossener Gruppe in Richtung des Büros gingen und diesem immer näher kamen wurde mir immer unwohler.
Doch an der Situation war ja jetzt nichts mehr zu ändern.
Mr. Smith wollte uns sicher eine Zaubervergesslichkeit verpassen. Naja, für die drei Neuen wäre es ja nicht so schlimm. Aber für uns wäre es die reinste Katastrophe!
Als wir im Büro angekommen waren wartete Mr. Smith bereits auf uns.
Wir nahmen auf seiner Couch platz.
Er begann zu reden. „Liebe Schüler“, sagte er.

„Als ich vorhin die Eingangshalle betrat sah ich, wie die Tür zum Speisesaal versperrt war. Ich fragte mich, wer das angestellt hat. Ich fragte meinen Kollegen Mr. Cunningham, der zu allem Ärger euch fünf gesehen hatte. Könnt Ihr mir vielleicht erklären wieso Ihr die Tür geschlossen habt.“
„Ja“, antwortete Michael. „Wir haben die Tür geschlossen, da sich merkwürdiger Weise eine Person, die wir nicht kannten in den Speisesaal geschlichen hatte und uns ein lebendiges Geschenk in Form von einem Käfer, der Maden in sich trägt, mitgebracht und geöffnet hat.“

„Wie bitte“, fragte Mrs. Cambrigh – Baker.“ Ihr wollt mich wohl verschaukeln.““ Nein Liebe Mrs. Cambrigh – Baker.“
„Lass Sie doch bitte Diana“, sagte Ihr Kollege. „Ich glaube ich weiß wer diese Person ist sagte Smith.“

„Ja“, fragte Mrs. Cambrigh – Baker. „Ja ich glaube es war Mr. William Anderson. Der Sohn von der Hexe von der Charles immer erzählt hatte.“ „Oh Gott bitte nicht“, schrie Mrs. Cambrigh – Baker. Und auch uns war nicht sehr wohl bei der ganzen Sache. Da Mr. Smith sich nicht zu helfen wusste überlegte er sich einen Zaubertrank extra zusammengestellt für die fiese Hexe Um....

Den Namen sprach Mr. Smith nicht aus, da er große Angst hatte von der Hexe mit den grausamen Taten heimgesucht zu werden. Mrs. Cambrigh – Baker verließ mit uns den Raum um die Tür des Speisessaals wieder zu öffnen. Mrs. Cambrigh – Baker wollte auch wissen wo genau die mystische Person aufgetaucht war.

Wir flogen also mit unserer Lehrerin hinunter zur Eingangshalle.
Unter angekommen gingen wir zur Tür des Speisesaals. Rick, Oliver und Michael öffneten sie. Nun gingen wir neugierig und ängstlich zugleich in den noch dunkleren Saal.

Es dauerte einen kurzen Moment bis die Lehrerin alle kleinen Windlichter an den drei großen Wänden angezündet hatte.
Sie schaute sich lange Zeit um doch genauso wie sie fanden auch wir keinen einzigen Hinweis, dass die unbekannte Person hier gewesen war. Doch nach weiterem Umschauen fand Rick schließlich den entscheidenden Hinweis. Irgendjemand hatte das Namensschild von Schulleiter Professor

Ronald J. Smith war leicht verändert. Auf ihm stand nun Schulleiter Professor W.A.S.V.U.! Mrs. Cambrigh überlegte einen Moment, konnte aber die Abkürzungen nicht entziffern. Erst als Mr. Smith mit seinem Krückstock hineintrat schaute er erschrocken auf sein Namensschild und schrie Schulleiter Professor William Anderson Sohn von Um...... Oh ja wieso bin ich nicht gleich darauf gekommen sagte Mrs. Cambrigh – Baker.Wir schauten uns anschließend noch eine ganze Weile an bis wir beschlossen mithilfe von Mr. Smith und Mrs. Cambrigh – Baker gegen die Hexe und Ihren Sohn zu kämpfen.

Als wir dies einander beschlossen bremste unser Vorgehen der amtierende Schulleiter. „Wie könnt Ihr nur", schrie er uns mit seiner schon schwachen Stimme an. „Wir wollten nur helfen. Wir müssen diese Kreaturen doch von hier verscheuchen", sagte Rick. „Ihr wisst doch gar nicht, was die Kreaturen versuchen wollen", antwortete Mr. Cunningham genervt, der in der Tür stand. „Ja genau", sagte Mr. Smith und bat uns den neuen Elfen Ms. McHeavering vorzustellen. Also flogen wir zu Ms. McHeavering, die gerade mit dem vernichten der verschiedenen Zaubertränke beschäftigt war.

„Ach hallo“ rief sie zu Michael und mir. Wollt ihr noch mal zurückblicken zu euren Eltern. Wir verneinten dieses dankend, sodass sie die hierzu benötigten Flüssigkeiten wegzauberte. Rick und Oliver zeigten sich sehr interessiert und fragten Ms. McHeavering ob sie beide nicht einmal nach Hause schauen könnten. Dies musste sie leider verneinen. Sie betonte, dass ihr dies erst in einigen Tagen erlernen würdet. Den Unterricht werde ich ausüben sagte sie. „Ach ja“, fragte ich. Das ist doch bestimmt extrem stressig für sie, wenn sie bei den Elfen und Feen unterrichten müssen.
„Hat es euch den noch gar keiner gesagt“, fragte sie mit trauriger Stimme.
„Was denn“, fragte Michael. „Ich werde euch, also die Feen nicht unterrichten.“ Dabei schaute sie in fragende und zugleich traurige Gesichter von Michael und mir. „Aber ihr beiden seid nicht traurig. Ihr habt weiterhin das Fach Verwandlungs-zauberei. Es heißt nur jetzt etwas anders. Feenzauberei habt ihr ab den nächsten Tagen bei meiner Kollegin Ms. Baker. Ihr habt sie vielleicht schon einmal gesehen. Es ist die Frau, die mit an unserem Tisch sitzt. Die, die eine grüne Hose und dazu eine blaue weiße trägt. Manchmal hat sie

sogar ein graues oder braunes Jackett an." „Wie schade" sagte ich mit einer etwas enttäuschtem Gesicht. „Na Pia, jetzt sei doch nicht so traurig. Ms. Baker ist eine fantastische Kollegin, die mit ihrer sehr freundlichen Art und Weise die jungen Feen herzlich umsorgt. Sie gestaltet den Unterricht abwechslungsreich und sehr interessant. Außerdem ist Sie nun die neue Beratungslehrerin, sodass ihr in schweren Lebenssituationen immer zu ihr kommen könnt. Sie übernimmt diese Aufgabe nun, da ihre Mutter Mrs. Cambrigh – Baker sich nun mehr auf die Beratungsaufgaben bei den Elfen konzentrieren will" sagte Franja. „Na gut", meinte Michael und sagte, dass wenn er mit der neuen Lehrerin nicht zufrieden wäre er dafür sorgen würde, das Ms. McHeavering wieder den Unterricht übernehmen würde. Daraufhin mussten alle lachen und Ms. McHeavering sagte mit lächelndem Gesicht zu. „Toll", dachte ich.

In meinem tiefsten Inneren wünschte ich mir, dass Ms. Baker eine teuflisch fiese Kreatur ist. Doch als wir am darauffolgenden Tag die erste Unterrichtsstunde bei ihr hatten merkte ich, dass dem nicht so war. Sie war eine herzensgute Frau, die gerne den einen oder anderen Witz erzählte. Michael und ich genossen den Unterricht.

Doch als wir gegen Nachmittag Ms. McHeavering davon berichten wollten fanden wir sie nicht.

KAPITEL 10

Wir begaben uns zuerst in die dritte Etage in Raum 179. Dies war der Raum, indem sich Ms. McHeavering sehr oft aufhielt. Schließlich war es ja auch ihr Büro. Doch als Michael so genau hinsah bemerkte er, dass der Namen, der an jeder Tür eines Lehrers angebracht verändert war. Ihr Name fehlte fast vollständig. Normalerweise stand mit Hölzernen Buchstaben dort:

Dies ist das Büro von Ms. McHeavering

doch nun stand da nur noch:

Dies ist das Büro von...

Dies machte den Anschein, dass irgendjemand die Buchstaben gestohlen haben musste.
Wir flogen zurück zu Sue, Rick und Oli. Die drei waren gerade im Speisesaal und spielten eine Partie Schach. Als ich dies sah schaute ich zu Michael. Plötzlich musste ich wieder an meine alte Feenfreundin Rue denken. Sie fehlte mir hier und übrigens hätte sie diese Aufgabe mit uns sicher lösen wollen. Aber leider mussten wir ohne sie dieses Abenteuer bestreiten. Ich begab mich mit Michael zu

dem Tisch an dem unsere drei neuen Freunde saßen und erzählte ihnen von meinem bzw. unserer Entdeckung: Hört mir mal bitte zu sagte ich. Als wir gerade oben waren und Ms. McHeavering vom Unterricht bei Ms. Baker erzählen wurden sahen wir, dass ihr Name an der Tür zerstört war.

„Wie?“, fragte Rick und auch Sue und Oli zeigten sich geschockt.

War das eventuell ein Anschlag auf Ms. McHeavering? „Vielleicht“, sagte Michael und fuhr mich an. „Pia wieso hast du nicht angeklopft und hast nachgesehen ob es ihr gut geht“ schrie er mich an. So laut, das der von mir gehasste Mr. Cunningham vorbeischaute und wissen wollte was hier los sei. Michael berichtete im von der Entdeckung. „Naja“ meinte Mr. Cunningham und beschloss wenigstens einmal nachzuschauen. Er sagte zwar nichts dazu, dass ich dies nicht getan hatte aber irgendwie bestärkte es die Aussage von Michael. Da ich nun wissen wollte was hier geschehen war beschloss ich, Mrs. Cambrigh – Baker aufzusuchen, die ich jedoch auch nicht in Ihrem Büro antraf. Da ich weder Ms. McHeavering oder Mrs. Cambrigh – Baker

fand flog ich mit mulmigem Gefühl zum Schulleiter Mr. Smith. Doch auch er öffnete mir nicht die Tür, sodass ich es langsam mit der Angst zu tun bekam. Vielleicht waren sie ja auch in einem Zauberprozess. Also flog ich erst einmal zum Speisesaal zurück wo die vier sich mit verschiedenen Kartenspielen beschäftigten.
Ich flog zu ihnen und spielte mit.
Immer noch mit der Hoffnung, dass gleich irgendein Lehrer in den Raum kam und uns berichtete was mit Ms. McHeavering los war. Doch vergebens. Im Verlauf der Zeit kamen immer und immer mehr Elfen und Feen, die genau so wie wir aufgeregt und nervös auf eine Reaktion der Lehrer hofften. Als bis zum späten Abend immer noch nichts passiert war ging ich auf die Elfen am Nachbartisch zu. „Hallo“ sagte ich. „Ich bin Pia. Eine Elfe vom letzten Schuljahr. Könnt ihr mir vielleicht beantworten, wo die Lehrer sind?“ „Nein“ antworteten sie mir und ich flog wieder auf meinen Platz zu. Es passierte den ganzen Abend überhaupt nichts. Als es schließlich schon 22:27 Uhr war und ich auf mein Zimmer gehen wollte kam Mr. Smith in den Saal hinein geschlufft. „Hallo liebe Elfen und Feen. Schön, dass ihr alle da seid“ sagte er mit müder

Stimme. „Ihr habt euch sicher gewundert wo wir gesteckt haben“ „Ja“ riefen wir ihm zu. „Na schön“ sagte er. „Ich habe eine freudige Nachricht zu verkünden. Eure Lehrerin Ms. McHeavering und Mr. Cunningham werden sich in den nächsten Wochen vermählen“ „Hurra!“ schrien wir. Mr. Smith war erfreut und verkündete den Termin. „Beruhigt euch bitte wieder. In zwei Wochen ist es soweit und jetzt auf auf in eure Zimmer. Gute Nacht allerseits.“ Ach was war ich erleichtert, dass nicht passiert war. Na gut passiert schon aber zum Zauberer Glück kein verheerendes Unglück.

Ich begab mich genauso wie die anderen vielen Elfen und Feen in ihre Räumlichkeiten. Die nächsten zwei Wochen waren eigentlich nicht so interessant. Also nicht für Michael und mich.

Als wir eines Mittags in den Speisesaal kamen erwarteten uns bereits unsere drei neuen Freunde. Michael behauptete dies immer. Für mich waren es nur gute Bekannte. Schließlich hatte ich nichts Besonderes mit Ihnen erlebt. Mit Victoria, Rue, Amelia, Thomas und Michael habe ich fast jeden Tag verbracht. Gute wie auch schlechte Zeiten durchlebt. Wir sechs sind in dem letzten Jahr durch dick und dünn gegangen. Was ich von den drei neuen noch nicht behaupten kann. Vielleicht war ich auch ein bisschen eigen. Ich wollte mich vielleicht gar nicht so daran gewöhnen, dass ich die vier alten, also Victoria und Thomas Kennedy, Rue Landrew und Amelia Richard wohl nie wieder sehen würde. Ich wollte es irgendwo immer noch nicht wahrhaben. Aber es war ja nun mal so und daran konnte ich jetzt auch nichts mehr ändern.

Ich hörte ihnen notgedrungen zu. Aber als sie vom Unterricht bei Ms . McHeavering berichteten hörte ich gespannt zu und freute mich doch, neue Freunde gefunden zu haben. Sie berichteten von den Zeitsprüngen in die Gegenwart. Sie sahen ihre Eltern, Großeltern, Geschwister und auch Freunde, die sich in ihren Heimatstädten aufhielten. Ich war begeistert obwohl ich dieses Erlebnis schon vor einem Jahr machen durfte.

Als sie dann aber von der Verwandlung in ein Tier sprachen fesselte mich dieses Unterrichtsthema erneut. Sue sprach davon, dass sie sich zunächst in einen Uhu verwandeln wollte. Dies klappte jedoch nicht und Ms. McHeavering sagte ihr, das dieses

Tier bereits belegt ist. Ja sagte ich und erzählte ihr, dass ich mir dieses Tier ausgesucht hatte. Ehrlich wie schön sagte sie und kurz entschlossen verriet sie mir ihr Tier. Ich bin nun eine Nachtigall. Rick hatte sich für einen Dachs und Oli für eine Schlange entschieden wie einst meine Freundin Viktoria. Wir unterhielten uns weiter und als wir dann alle zusammen bis spät in die Nacht Schach spielten wurde mir klar, dass ich echt gute neue Freunde gefunden hatte.

In der nächsten Woche stand die Vermählung von unseren Lehrern Ms. McHeavering und Mr. Cunningham an. Ich fand, dass sie schon beide etwas zu alt für eine Hochzeit waren. Schließlich waren die beiden zweiunddreißig und vierzig Jahre alt. Na gut muss ja jeder selbst wissen dachte ich. Schließlich war der Tag der Hochzeit gekommen. Ich hatte irgendwie überhaupt keine Lust auf eine Hochzeit da es aber Lehrer waren hatte ich keine andere Wahl und musste erst einmal die Zeremonie über mich ergehen lassen. Als ich also nach unten in die Eingangshalle flog sah ich sie schon alle. Also die Lehrer, Elfen, Feen, ehemalige Persönlichkeiten und ganz Fremde.

Ich flog auf Mr. Smith zu, der an der Treppe stand und seine Unterhaltung mit Ms. Baker beendete. „Guten Morgen Mr. Smith“ sagte ich und fragte ihn wo die Zeremonie denn stattfinden würde. „Pia Handrew“ sagte er und schaute mich dabei verwundert an. „Natürlich in unserem Gewächshaus“ „Im Gewächshaus?“ fragte ich ihn noch einmal um auch wirklich sicher zu gehen, dass dies kein Scherz sei. „Ja genau im Gewächshaus im Rosensaal. Na dann bis später.“

Eine halbe Stunde später flog Ms. Baker alle fünf Etagen ab um sicherzugehen, dass auch wirklich alle Elfen und Feen mitfliegen würden. Michael, Sue, Rick, Oli und Ich warteten bereits im Empfang wann wir endlich los fliegen würden.

Es dauerte noch eine ganze Dreiviertelstunde bis wir endlich losfliegen konnten.
Nach dem Flug kamen wir am Gewächshaus an. Mr. Smith erwartete uns bereits. Er führte jeden von uns in den Rosensaal hinein. Dieser Saal war fast vollständig mit fünfzig verschiedenen Rosen ausgefüllt. Zu mindestens die Wände. Schließlich mussten wir ja noch irgendwo sitzen. Alles andere war klassisch wie in einer Kirche. Na gut alles

schwebend. Wir nahmen nach einander Platz sodass auch bald schon die Vermählung stattfinden konnte. Mr. Smith begrüßte alle mit Vor- und Nachnamen. Alle waren gekommen angefangen von Mrs. Armstrong, der Schwester von Matthew Cunningham bis Mr. Petersen, dem Cousin von Franja McHeavering.
Aber als Mr. Smith die Namen der Geschwister Victoria und Thomas Kennedy aufrief war ich sehr erfreut. Sogar Isabella Newton und meine Schwester Sophie waren anwesend und saßen drei Sitzreihen hinter mir. Links neben mir saß Rue mit ihrem Freund Jack Hilton und daneben Mrs. Jackson mit ihrem Ehemann Edward. Doch wo Amelia war weiß ich bis heute nicht. Nach dem auch Michael alle seine alten Freunde erblickte freute auch er sich. Mr. Smith fragte beide, ob es ihr Wille sei sich heute vor allen Freunden, Bekannten und Kollegen einander zu vermählen. Dies bejahten beide sofort. Mr. Smith fragte dann Ms. McHeavering ob sie Ihren Namen behalten oder den von ihrem Mann annehmen wolle. Sie entschied sich für den Namen ihres Mannes, sodass sie nun Mrs. Cunningham hieß.

Daraufhin beendete Mr. Smith fröhlich die Hochzeit der Cunninghams und lud alle Anwesenden zu einer gemütlichen Runde in den Schuleigenen Speise- bzw. heute Veranstaltungssaal.
Auf dem Weg zur Schule sah ich meine alten Freunde leider nicht.

Doch im Saal sah ich sie wieder. Sie saßen an einem Tisch zusammen und unterhielten sich. Ich flog zu diesem und fragte alle ob sie nicht Lust hätten sich an einen größeren Tisch zu setzten an dem acht Personen sitzen könnten. Natürlich sagte Rue, die sich wahnsinnig freute alle wiederzusehen. Ich stellte Sue, Rick und Oli die anderen vor, die die neuen herzlich aufnahmen. Rue die neugierige Fee fragte Sue sofort ob es ihr hier denn auch gefalle. Natürlich sagte sie. Oli und Rick unterhielten sich mit Michael und Thomas während ich mit den Mädels eine Partie Schach vorbereitete. Währenddessen fragte mich Victoria wie lange wir noch hier wären. Victoria sagte ich, noch genau drei Wochen. Dann sind auch wir fertig. Übrigens wie lange seid ihr eigentlich hier gewesen. Pia ich glaube acht Jahre. Tatsächlich? Welches Jahr haben wir denn dann jetzt. 1888. Meine Gute sagte Rue. Und ihr hier. Wir sind hier im Jahre

1880. Was ihr seid acht Jahre hinter unserer Zeit.
„Was“, sagte ich. So lange schon.
„Was ist denn mit meiner Mutter“, fragte ich. Ach die sagte Victoria. Die ist zum zweiten Mal verheiratet heißt jetzt Brown und lebt mit ihrem Mann in Wales in einer Villa. Ok sagte ich. Ich war ein wenig erstaunt über das was dort passiert ist.

Als sich der Abend dem Ende neigte verabschiedeten sich meine alten Freunde wieder und Hollow, der außerdem auch den ganzen Tag anwesend war brachte die, die nicht hier zu Hause waren zurück in Ihre Heimatstädte.
Als die drei wieder fort waren bemerkte ich, wie sie mir fehlten.
Schließlich waren wir überhaupt nicht zum Schach spielen gekommen. Aber mittlerweile fand ich dieses Gesellschaftsspiel überhaupt nicht mehr lebenswichtig. Denn von nun an war es mir wichtiger etwas über die neuen Leben meiner Freunde zu erfahren. Zum Zauberdank konnte ich ja von nun an immer mit Mr. Smith reden um die vier einzuladen. Ob sie nun kommen würden wusste ich jedoch nicht so ganz. Schließlich war Amelia schon mal nicht gekommen. „Schade“, dachte

ich. Ich zerbrach mir noch die folgenden Tage darüber den Kopf. Vielleicht trug ich ja die Schuld an Ihrer Abwesenheit. Ich fragte Michael immer und immer wieder. Doch der versicherte mir, dass mich keine Schuld traf.

Aber trotz des aufbauenden Gespräches mit Michael traute ich mich nicht meine ehemals besten Freunde mithilfe der tatkräftigen Unterstützung von Mr. Smith einzuladen.

Dies blieb auch erst einmal so.
Doch als Michael mich drei Wochen später, also genau zwei Wochen vor unserem Abschluss nochmals darauf ansprach wurde ich ein wenig wütend. Er wollte einfach nicht verstehen, dass ich mich noch nicht entscheiden wollte.
Aber er hatte Recht.
Wenn ich mich nicht bald entscheide, dass ich an unserem Abschlusstag mit meinen Freunden zusammen sein wollte könnte ich bald nicht mehr damit rechnen, dass sie auch wirklich erscheinen werden.
Nachdem Michael mich also dazu zwängte die vier mithilfe des Schulleiters einzuladen gab ich mich geschlagen und ging zu dessen Büro. Noch bevor ich vor dem Büro stand um Mr. Smith von meinem Plan zu überzeugen

traf ich ihn in der dritten Etage. Er war sehr erfreut mich zu sehen. Er bat mich ihn zu seinem Büro zu begleiten falls ich dies auch aufsuche.
Also flogen wir zügig zum Büro.

Dort angekommen setzten wir uns zunächst auf die gemütliche Couch. Ich erzählte ihm von Michaels und meiner Idee die vier ehemaligen, also Victoria und Thomas Kennedy, Amelia Richard und Rue Landrew zu unserem Abschluss erneut einzuladen. Das wird schwer betonte Mr. Smith. Schließlich war diese Aufgabe nicht in seiner Macht.

Für diese Aufgabe war Hollow zuständig. Ich fragte ihn wo Hollow denn ist. Doch darauf konnte der Schulleiter auch nicht so recht antworten. Er überlegte einige Minuten und war der Ansicht, dass es vielleicht möglich wäre das Zaubertelefon zu benutzen. Dieses befand sich im Büro von Mrs. Cambrigh – Baker. Ich begab mich also zum Büro der Lehrerin. Dort angekommen fragte ich sie höflich, ob Sie für mich Hollow anrufen könnte. Eigentlich schon antwortete die alte Dame. Da Hollow aber unauffindbar ist, wenn er nicht hier in der Schule ist, kann ich dir leider nicht weiterhelfen. Aber warum hättest du denn Hollow anrufen wollen fragte sie neugierig. Ich möchte zum Abschluss meine Freunde Amelia, Thomas, Rue und Victoria sowie deren derzeitige Partner einladen. Das ist aber eine schöne Idee. Ich werde mal schauen ob Mr. Smith da nicht etwas machen kann. „Oh ja“, sagte ich.

Anschließend ging ich wieder da wir nun Unterricht bei Mr. Cunningham hatten.

Drei Tage später…

Es waren nur noch fünf Tage bis wir Abschluss hatten. Ich und Michael hatten leider noch nichts davon gehört, ob unsere Freunde zu unserer Feier erscheinen werden oder nicht. Doch gegen Mittag erfuhren wir aus erster Hand also vom Schulleiter persönlich, dass viele Persönlichkeit darunter auch unsere Freunde Victoria und Thomas Kennedy, Rue Landrew sowie Amelia Richards. Zu unserem Abschluss in fünf Tagen werden auch Camilla und Edward Jackson erscheinen. Ich und Michael freuten uns auf unseren Abschluss und auch Sue, Rick und Oli waren sehr erfreut, über das etwas verfrühte Aufsteigen zu Feen.

Wir erlebten in den letzten fünf Tagen nur schöne Erlebnisse. Der Unterricht wurde in den letzten Tagen nicht mehr so ausgebaut und viel zu sechzig Prozent immer aus, sodass wir also Mrs. Cambrigh – Baker, Mrs. Cunningham, Mr. Smith, Michael und Ich uns auf die Vorbereitungen konzentrieren konnten. Unsere Vorbereitungen bestanden darin, dass Michael mit Mr. Smith die Abschlussrede und Mrs. Cambrigh – Baker, Mrs. Cunningham und mir Tischkarten für die einzelnen Gäste entwarf. Schließlich sollten ja auch die zusammen sitzen, die sich einander etwas zu erzählen hatten.

Nach einigen Tagen der Langeweile war es Morgen endlich soweit, dass wir also Michael und ich das Schulleben an der Manchester Internation High – School of Magic gemeistert hatten.

Ich freute mich auf den morgigen Tag. Zeitgleich war ich aber auch traurig. Das lag sicher daran, dass ich Sue Rick und Oli hier lassen musste wie einst Rue und die anderen uns.
„Gut“, dachte ich.

Am Ende der Vorbereitungen beschloss ich mich mit Sue, Rick, Oli und Michael zusammen zusetzen, damit wir uns schon jetzt einmal von einander verabschieden konnten. Ich war nämlich der Meinung, dass am morgigen Tag dafür keine Zeit sei. Doch als ich mich gerade von Sue, Rick und Oli verabschieden wollte überlegte ich kurz. Schließlich war doch alles irgendwo sehr merkwürdig. Ich fühlte als würde sich eine Geschichte wohl oder übel langsam wiederholen.
Schließlich waren wir wieder fünf.

Nach meinem Einfall dachte ich an Umbra. Oh je dachte ich. Ihr Name enthält auch fünf Buchstaben. Ich überlegte nicht lange und berichtete Mrs. Cambridge – Baker davon. Sie beruhigte mich und sagte zu mir, dass ich mich von dieser alten Hexe nicht beeinflussen lassen solle. Schließlich sei sie verrückt und ich wurde morgen das Abenteuer beenden. Ich merkte, dass auch sie sehr traurig darüber war.
Am nächsten Morgen war es dann soweit. Unsere Zeit als Fee in dieser Schule war gezählt. Zwei volle Jahre verbrachte ich jetzt nun hier.
Nachdem ich aufgewacht war und das Frühstück heute mit Michael auf meinem Zimmer eingenommen hatte begab ich mich zum Speisesaal, der heute zur Abschlusshalle umfunktioniert wurde.

Ich und Michael hatten uns extra schick gemacht. Michael trug einen Smoking mit Fliege und Zylinder. Ich hingegen trug genauso wie Mrs. Cunningham ein türkisblaues Kleid mit Spaghettiträgern. Dazu trug ich grüne Pumps und eine Perlenkette.

Nachdem alle Abgänger den Raum betraten schauten uns alle Gäste an. Darunter auch viele ehemalige Elfen und Feen.

Natürlich suchte ich zuerst den Tisch, auf denen ich am gestrigen Tag Namenskärtchen für meine Freunde aufgestellt.

Ich suchte den Tisch und fand ich selbstverständlich auch gleich.
Nach weiterem durchsuchen der einzelnen Tische erblickte ich an dem Tisch, an dem ich und Rue immer Schach gespielt hatten Isabell Newton und meine Schwester Sophie.
Ich konnte mein Glück kaum fassen. Ich ging auf Mrs. Cunningham zu und fragte sie, ob ich meine Schwester begrüßen dürfte. Doch leider war dies nicht möglich, da der Schulleiter Mr. Smith zugleich auch schon mit der Abschlussrede begann:

„Liebe Elfen, Feen, Kollegen und Gäste unserer Manchester International High-School of Magic. Euer Erscheinen erfreut mich sehr. Ich kann es noch gar nicht fassen, dass schon wieder ein Jahr vergangen ist. Aber das Beste ist, dass wir in diesem Schuljahr keine Schachspielereien hatten wie im letzten Jahr oder dass Schülerinnen Lehrer in Gesprächen belauschen“ sagte er.

Der Saal schrie vor Lachen.
Ich schaute Amelia und Rue an, die mich ebenfalls mit Tränen in den Augen anlächelten. Nachdem auch Michael mir zwinkernd zulächelte wurde mir bewusst wie stolz wir doch auf unsere Freundschaft sein konnten.

Nachdem sich das Gelächter wieder gelegt hatte fuhr Mr. Smith mit seiner Rede fort.
Also begann er. Nachdem ihr euch jetzt köstlich amüsiert habt möchte ich wie im letzten Jahr mit euch den Abschiedszauber sprechen: „Magicae ire cum nostris studentes et cavat consensu in domum tuam et manere tecum sic vos sunt expertiores erit recordaremur.“
Diesen Zauberspruch sprach er wie jedes Jahr, gegen die Zimmerdecke.

Mr. Smith rief nun alle “Abgänger“ zu sich und wünschte Ihnen auf Ihrem weiteren Lebensweg alles erdenklich Gute. Er wies jedoch auch darauf, dass wir Ihn und die anderen Lehrer oder auch Zauberinnen jederzeit besuchen könnten. Wir sollten dann

nur Hollow darum bitten, den wir aus jedem Spiegel rufen konnten. Nach diesem Gespräch begab ich mich zu dem Tisch, an dem meine Freunde Victroia, Rue, Thomas und Amelia saßen. Sie waren froh mich und später auch Michael wiederzusehen. Michael kam erst später zu uns, da er sich noch von Sue, Rick und Oli verabschiedete. Wieso wusste ich jedoch auch nicht!
Wir sechs besprachen nun, ob wir weiterhin miteinander befreundet bleiben wollen. „Ja natürlich gern“, sagten wir alle im Chor.

„Schön“, dachte ich und wir unterhielten uns weiter. Anschließend spielten wir wie bereits bekannt Schach. Was Mr. Smith und Mrs. Cambrigh – Baker sichtlich zu Tränen rührte. Man konnte den beiden ansehen, dass unser Abschied sie sichtlich beschäftigte.
Schließlich neigte sich der letzte Tag an der Manschester International High-School of Magic zum Ende.
Ich begab mich zum Rednerpult und bedankte mich bei allen Lehrern für die tolle Zeit hier an der Schule. Diese Ansprache berührte alle. Alle Lehrer der Manchester International High-School of Magic kamen auf mich zu und umarmten mich. Anschließend kam Mr. Cunningham auf mich zu. „Och ne“, dachte

ich. Denn ich mochte Ihn irgendwie nicht richtig leiden. Doch auch er wünschte mir eine gute Zukunft und sagte, dass er mich vermissen werde. Dies machte mich stolz sodass ich ihn spontan umarmte.
Nach dieser Umarmung trottete Hollow in die Halle und bat uns nun aufzubrechen.
Wir sechs verabschiedeten uns voneinander. Mit der Hoffnung auf ganz bald Wiedersehen. Hollow nahm uns mit.

Ich drehte mich noch einmal um.
Alle zurückbleibenden winken uns sehr bewegt.

Auf meiner Reise zurück in die Gegenwart merkte ich wie ich wieder in das schwarze Irgendwas hinabstieg und als roter Vogel in eine Blitzende Gegend abrutschte.
Nach einer kurzen Dauer bemerkte ich, wie meine Seele in meinen Körper zurückging. Wenig später erwachte ich im Victorianer Krankenhaus. Dr. Brown war sehr erfreut über mein Erwachen. Ich war sehr erstaunt als der fünfzig Jahre alte Doktor vor mir stand. Als ich dann auf den Kalender sah erschrak ich. Es waren bereits achteinhalb Jahre vergangen. Ich überlegte weiter. Dann stellte ich fest, dass meine Mutter Kate im letzten Jahr

dreiundfünfzig geworden war. Als ich nach ihr fragte sagte er, dass sie sich schon auf mich freue.
„Also ab wie nach Hause“, dachte ich.
Richard, so sollte ich ihn jetzt immer nennen veranlasste alles um meine Entlassungspapiere in die Hände zu bekommen.
Als er sie schließlich erhalten hatte begaben wir uns zu seinem schwarz-grün-grauen Jeep.

Nachdem wir eine Weile mit dem Auto unterwegs gewesen waren erreichten wir schließlich das neue Wohnhaus, indem meine Mutter und Schwester jetzt lebten.
Es war ein kleines Haus, das dem alten Haus überhaupt nicht mehr ähnlich sah.

Richard parkte das Auto vor dem Haus.
Er schaute mich an und bemerkte, dass ich eingeschlafen war. Es war ja auch ein weiter Weg, den wir beide zurücklegen mussten.
Schließlich lag ich im Victorianer Krankenhaus.
Das Haus von Richard, Kate und Sophie lag jedoch in Carmarthenshire einer Stadt in Wales. Da die Städte ca. drei Stunden auseinander lagen nahm Richard es mir überhaupt nicht übel, dass ich eingeschlafen

war.
Er weckte mich auf, indem er zu mir leise sagte, dass ich doch bitte aufwachen solle um mit ihm ins Haus zu kommen. Kate habe sicher schon etwas Leckeres zu essen für uns vorbereitet.
Ich schnallte mich also ab und folgte meinem Stiefvater ins Haus.
Im Haus angekommen empfing mich eine wohlige Wärme.

Doch als wir uns in die Küche begaben um Kate zu begrüßen war dort niemand.
Wir schauten uns einander an und suchten sie in dem ganzen Haus, doch außer den gewöhnlichen Einrichtungsgegenständen war keine Kate zu finden. Nachdem wir also erfolglos gesucht hatten fand Sophie, die auch erst gerade von ihrer Lehrstelle nach Haus gekommen war einen kleinen Zettel auf dem aus Eiche bestehenden Küchentisch.

Auf diesem stand nämlich, dass ihre Mutter ihr aus der alten Heimat geschrieben habe und sie auf dem Weg zu ihr sei. Außerdem schrieb Kate, dass sie in zwei bis drei Wochen wieder in Carmarthenshire ist. „Ach du meine Güte", hörte ich Sophie sagen, sodass ich mit Richard in die Küche rannte.

Sophie berichtete uns von dem Inhalt des Briefes.

Ich und Sophie verstanden die Welt nicht mehr, sodass wir überlegten was wir nun tun konnten. Richard überlegte ebenfalls. Da er jedoch überlegte und überlegte vergaß er den gerade aufgesetzten Eintopf, der somit überkochte. Er stellte den Kochtopf vom Herd und lud uns zum Essen ein.

Wir fuhren also mit dem Jeep zu einem Restaurant und als wir uns alle eine Pizza bestellten kam Richard die Idee, dass wir doch eigentlich ein Recht hätten auch den wahren Grund für ihre Abreise zu erfahren und ihr folgen würden.

Dies war eine wunderbare Idee, sodass ich noch am gleichen Abend mich über mehrere Internetseiten um einen Flug nach Parizifanien zu bekommen bemühte. Dies gestaltete sich aber sehr schwierig. Ich schaute auf mehreren Internetseiten und als ich endlich einen Flug fand, reservierte ich für drei Personen.
In zwei Tagen sollte es losgehen.

Ich war sehr gespannt auf meine Großeltern und meine Mutter, die ich schon einige Zeit nicht mehr gesehen hatte endlich wiederzusehen.
Außerdem wollte ich wissen, warum sie sich so abrupt aus dem Staub gemacht hatte. Schließlich wusste sie doch schon seit einer Woche, dass ich heute aus dem Krankenhaus entlassen würde. Ich war schon ein wenig enttäuscht. Dies wollte ich Richard aber nicht sagen, da er selber über das plötzliche Verschwinden seiner zweiten Ehefrau stark grübelte.

Wir drei dachten noch lange über das Verschwinden nach, freuten uns aber zugleich sie doch schon in zwei Tagen in Parizifanien wieder zu sehen.